おれは一万石

金の鰯

千野隆司

JN031365

双葉文庫

目次

那珂湊
高浜
秋津河岸
霞ヶ浦
北浦
鹿島灘
利根川
小浮村
高岡藩
高岡藩陣屋
飯貝根
酒々井宿
銚子
外川
東金

↑白沢・柳林・阿久津河岸へ
久保田河岸
▲筑波山
下妻藩
鯉川
小貝川
関宿
鬼怒川
牛久
粕壁
野田
取手
柏
流山
三郷
木颪
川口
松戸
白井
江戸川
鎌ヶ谷
萩原村
隅田川
江戸城
行徳
印旛沼
日本橋行徳
新川
小名木川

おもな登場人物

井上正紀……高岡藩井上家世子。
竹腰睦群……美濃今尾藩藩主。正紀の実兄。
山野辺蔵之助……高積見廻り与力で正紀の親友。
植村仁助……正紀の供侍。今尾藩から高岡藩に移籍。
井上正国……高岡藩藩主。尾張藩藩主・徳川宗睦の実弟。
京……正国の娘。正紀の妻。
佐名木源三郎……高岡藩江戸家老。
佐名木源之助……佐名木の嫡男。
濱口屋幸右衛門……深川伊勢崎町の老舗船問屋の主人。
井尻又十郎……高岡藩勘定頭。
青山太平……高岡藩徒士頭。
松平定信……陸奥白河藩藩主。老中首座。
松平信明……吉田藩藩主。老中。老中首座定信の懐刀。
井上正森……高岡藩先代藩主。

おれは一万石

金の鰯

前章　返り討ち

一

下総高岡藩《しもうさたかおか》上屋敷の御座所にいる井上正紀《いのうえまさのり》は、どこからともなくにおってきた桃の花の香に、気持ちが誘われた。寛政《かんせい》二年（一七九〇）の二月も下旬になった。廊下に出ると、桃の花だけでなく黄金色《こがねいろ》の山吹の花も目に飛び込んできた。深く息を吸い込む。暖気が、日々に増してきていた。

燕《つばめ》が早朝の光を切って飛び去っていった。燕を目にするのは、今年になって初めてだ。

正紀の御座所には、他に江戸《えど》家老の佐名木源三郎《さなきげんざぶろう》と勘定頭《かんじようがしら》の井尻又十郎《いじりまたじゆうろう》がいた。

井上家一万石の当主正国《まさくに》は、参勤交代を済ませて国許《くにもと》へ戻った。少なからざる費《つい》えがかかったが、どうにか無事に済ませることができた。世子《せいし》の立場にある正紀は、ひとまずほっと息を吐《つ》いたところだ。佐名木にしても井尻にしても、思いは同じはずだった。

「八月には、出府がございます。またも費えがかかります」

井尻がため息を吐いた。季節の移ろいを、味わってなどいない。

参勤交代は領国の位置にもよるが、半年から二年に一度、藩主は行列を従えて江戸との行き来をしなくてはならない。軍役奉仕という位置づけだから、ただ列をなして歩けばいいというものではない。いつでも戦闘に加われる軍備を調えていることが行列の条件とされた。

そのためには、必要な武具や馬具を揃えなくてはならない。

井尻が頭を悩ませているのは、その費えに関してだった。当主正国はご公儀の要職である奏者番《そうじゃばん》を辞して、一万石の大名として参勤交代を行わねばならない立場となった。お国入りは久々で、移動に関わる費えだけでなく、武具の修繕などあってその金策に苦慮した。

高岡藩の財政は天明《てんめい》の大凶作を経《へ》て、長期にわたって逼迫《ひっぱく》した状況が続いている。藩士からの二割の禄米借り上げは、いまだに解くことができない。返済のない借り上げだから、藩士にしたら二割の減俸といっていい。三年前には、領内で一揆もあった。

そんな中での参勤交代である。

ただ八月の出府は、武具や馬具の修繕などはないので、お国入りほどは費えはかからない。とはいえ四十両ほどは要する計算だった。

それをどう捻出するか、一番の懸案となっていた。

領地高岡は利根川《とね》に接しているので、湊を整え、納屋《なや》を建て、河岸場《かしば》として利根川水運の中継場所として役立たせることに努めてきた。利用する荷船は徐々に増え、得られる運上金《うんじようきん》や冥加金《みようがきん》が、藩財政の中で果たす役割は大きくなった。

とはいえこれらの増収も、抱えている借金の返済や利息の支払いに消えてゆく。

今年からは、大奥御年寄滝川《おとしよりたきがわ》の所有する拝領町屋敷に関する実入り四十両も、計算できるようになった。ただしそれが手に入るのは、今年の年末からだ。八月の正国出府までには、金子を拵《こしら》えなくてはならない。

三人が春の到来を素直に喜べない理由は、そこにあった。

「わが殿が、再びご公儀のお役に就けば、参勤交代はなくなると存じますが」

井尻がぼやいた。正国が奏者番だった折には、参勤交代がなかっただけでなく、多くの大名家や旗本家からの進物もあった。袖の下ではなく、通常儀礼として受け取っていた。さらなる出世も見込まれ、加増を期待する声もあった。松平信明《まつだいらのぶあきら》は、奏者番から一気に老中に昇進した。

正国は奏者番に就く前には、大坂加番《おおさかかばん》を経て大坂定番《おおさかじようばん》の役にあった。大坂加番では一万石、大坂定番では三千俵のお役料がついた。

けれども一切の役を辞したことで、出世の望みは消えた。お役料が入ることもなくなった。

この奏者番辞任は、尾張徳川《おわりとくがわ》家の意向を汲《く》んでのものであった。

高岡藩の先代藩主正森《まさもり》は、男児が早世し嫡子がいなかった。

当代藩主正国は、正森の娘和《かず》と祝言《しゆうげん》を挙げて井上家に入った。正国は尾張八代藩主宗勝《むねかつ》の十男である。そして正国と和の間にも男子《おのこ》はなく、正紀が娘の京《きよう》と祝言を挙げて井上家に入った。正国とは、叔父甥の関係でもある。

正紀は宗勝の八男勝起《かつおき》の次男だった。勝起は美濃今尾《みのいまお》藩竹腰《たけのこし》家三万石の藩主となり、今は亡くなって兄の睦群《むつむら》が後を継いでいる。竹腰家は、代々尾張藩の付家老《つけがろう》を務める家でもあった。

高岡藩井上家は、もともとは遠江浜松《とおとうみはままつ》藩六万石井上家の分家だが、今は状況が変わった。二代にわたって尾張徳川家の血が入って、その一門という色合いを濃くしていた。

尾張一門の総帥《そうすい》で、尾張藩徳川家九代当主宗睦《むねちか》は、したたかな政治家だ。今の老中首座である松平定信《さだのぶ》の出した棄捐《きえん》の令や囲米《かこいまい》政策は、失策として見切りをつけた。世に混乱を招いただけだという見方である。奏者番は幕閣の一翼を担《にな》う重責だが、正国がその役目を辞することで、尾張一門は定信とは立場を異にするという態度を明確にした。

正国も正紀も、尾張一門の中では中核に近い位置にいる。定信が老中職にある間は、役付きになるなどはあり得ない。加増による増収は、見込めないことになったのである。

「困りました」

井尻が嘆息した。

参勤交代の費用を捻出する手立てはないか。三人で頭を捻《ひね》ったが、妙案は浮かばなかった。

屋敷に閉じこもっているばかりでは、気持ちが窮屈になる。正紀は家臣《かしん》の植村《うえむら》を伴って大川端《おおかわばた》へ出た。

植村は微禄の者だが、正紀が井上家に婿に入ったとき、竹腰家からついてきた忠臣である。剣術はだめだが巨漢で、膂力《りよりよく》は下っ端力士ではかなわない。

晴天で、大川には様々な荷や人を乗せた船が行き来している。

「花ぃ、花ぃ」

初老の花売りが、呼び声を上げながら通り過ぎて行く。声と共に、花鋏《はなばさみ》を鳴らすちょきんちょきんという音があたりに響いた。空では群れた小鳥が、囀《さえず》りながら飛んでいる。

ぶらぶら歩いて、二人は深川《ふかがわ》の河岸の道へやって来ていた。仙台堀《せんだいぼり》に架かる上《かみ》の橋を南へ渡った。植村が道端《みちばた》に目をやって、ため息を吐いた。

「金子を得る手立てが、どこかに落ちていませんかねえ」

花売りの荷籠《にかご》にある桃花《おうか》や山吹などには、目も向けなかった。金子のことを考えている様子だった。

植村は正紀付きだから、供として従って歩くことが多い。高岡河岸の活性化や滝川の拝領町屋敷などで、藩財政は回復するかに見えたが、参勤交代は新たな出費の種になった。

日々正紀が金策に動くさまを目の当たりにして、気を揉んでいる様子だった。

佐賀町《さが》に入った。船着場で、俵の荷下ろしがされている。近寄ると、腐った魚のにおいが鼻を衝《つ》いてきた。

「くさいですね」

においには鈍感な植村だが、さすがに顔を顰《しか》めた。何を運んでいるのかと目を凝らして、納得がいった。俵に詰められているが、米や麦ではない。〆粕《しめかす》だった。干鰯《ほしか》〆《しめ》粕魚油問屋《かすぎょゆ》に運ばれている。

「さっさと行き過ぎましょう」

「そうだな」

足を速めたところで、気になる若い男の姿が目に留まった。熱心に、店の中の様子に目をやっている。

「あれは」

臭気を防ぐためか、手拭いを鼻と口にかけて後ろで結んでいる。丸眼鏡《まるめがね》をかけ、痩せて貧相に見えるのは、日本橋本町《にほんばしほんちょう》三丁目の両替商熊井《くまい》屋の跡取り房太郎《ふさたろう》だった。

「どけっ。邪魔だ」

人足《にんそく》に怒鳴られ、房太郎は突き飛ばされた。ぺらんとした体が、たわいなくぐらついて壁に当たった。額を擦ったらしく、血が滲《にじ》んでいる。しかしそれでめげる様子はない。邪険《じゃけん》に扱われるのは、慣れているからか。

手に綴《つづ》りと筆を持って、何かを書き記している。

「こんなところにいるのは、珍しいですね」

植村も、房太郎に気が付いたらしかった。二人は立ち止まった。

房太郎はよく、物の値動きを調べるためにあちらこちらの商家を巡っている。しかし日本橋や京橋《きょうばし》界隈がほとんどだ。

熊井屋は両替商とはいっても本両替ではなく、もっぱら金銀銭の三貨の両替が中心の脇両替の店だった。間口二間（約三・六メートル）の小店《こだな》である。

しかしそれでも江戸の一等地である日本橋本町に店を張っていられるのは、房太郎の緻密な調べに裏打ちされた相場による利益があるからだ。

労を惜しまず執念深い調べを行うが、それだけではない。

各種物品に関する知識は、相当なものだ。また物の値動きに対しては、たぐい稀《まれ》な嗅覚《きゅうかく》を持っていた。

ひょんなきっかけで知り合った正紀だが、房太郎から麦や銭の相場で助言を貰い、お陰で急場を凌いだことがあった。

「どうしてわざわざ、ここまで来たのか」

荷下ろしが済んだところで、正紀は声をかけた。房太郎が値動きに関心を持つのは、おおむね米や麦、繰綿《くりわた》などといった商品だ。

「干鰯や〆粕のことが気になりまして」

店に積まれた〆粕の俵に目をやりながら、房太郎は答えた。干鰯や〆粕の問屋ならば、日本橋界隈ではなく、深川の方が多い。

鰯《いわし》の最大の漁場は銚子《ちょうし》沖で、かの地で肥料として加工されてから江戸へ運ばれる。おおむね利根川から関宿《せきやど》経由の荷船で、江戸川を下って来る。深川に問屋が多いのは、そのためだ。

「何か、気になるわけがあるのだな」

利益を得られるのならば、関わりたい気持ちもあった。房太郎は、わずかに躊躇《ためら》う気配を見せてから、口を開いた。

「まだはっきりしないのですが」

「…………」

「銚子沖の鰯漁が、数十年来の不漁だと小耳に挟みました。まだ江戸には、伝えられていない話ですが」

「まことならば、干鰯と〆粕は、値上がりをするな」

「まあ」

だからこそ房太郎は、深川まで探りに来たのだ。

「干鰯と〆粕が肥料なのは分かるが、どう違うのか」

正紀は尋ねた。人糞も田畑の肥料にするが、それとも異なるものだ。

「干鰯は、鰯をそのまま干して肥料としたものです。〆粕は、鰯を茹でて魚油を搾った残りかすです。人糞よりもこちらの方が効き目があるので、値も張っています」

「なるほど」

銚子から江戸へ運ばれて、近郊の農家で使われるが、それだけではない。さらに遠方の内陸へ運ばれて売られてゆく。

「それで値は、上がっているのか」

「まだ、その気配はありません」

店の値を見ると、十貫で銀十八匁だと張り紙が出ていた。

「あれは、通常の値です。他の店も見てみましょう」

そう言われたので、付き合う。歩き始めると鼻と口を覆う手拭いを外したが、店の前に出るとまた付け直した。臭気は耐え難いが、利益は得たいということらしかった。

行ったのは、油堀《あぶらぼり》河岸堀川《ほりかわ》町の波崎《はさき》屋という問屋だった。ここは十貫で銀十九匁だった。

「これでも、高値とは言えませんね」

さらに三軒の干鰯〆粕魚油問屋を廻ったが、同じような値で、銀二十匁以上の値をつけている店はなかった。

「ただの噂《うわさ》かもしれませんね」

房太郎は、肩を落とした。

「十日不漁が続いても、今日は豊漁となるかもしれない。魚の値動きを見定めるのは、難しいのではないか」

「まったくです。ですから値動きの幅が大きいのかもしれません」

儲かるときは儲かるが、損失も大きいという話だ。確実に儲かるならば関わりたいが、農作物よりも見極めがつけにくい。高岡藩が手を出せる話ではなさそうだった。

そもそも、関わるには相応の元手がいる。余分な金子は、高岡藩にはなかった。

「それでは」

永代橋《えいたいばし》を西へ渡ったところで、房太郎とは別れた。

二

高岡藩上屋敷に、思いがけない人物が顔を見せた。前藩主の正森である。正国の舅《しゅうと》で、正室和の実父という立場の者だ。

正紀が前に顔を見たのは、一年近く前のことだ。

宝永《ほうえい》七年（一七一〇）の生まれだから、八十一歳になる。建前としては、病気療養のため国許の高岡にいることになっている。しかし病になったという話は聞かない。高岡へ行ったときにも、陣屋で会うことはなかった。

これまでほとんど話題にならなかった人物で、正紀が会ったのも祝言の直後とその後数回だけだった。隠居してほぼ三十年、藩政に口を出すことはなかった。

そもそも国許で病気療養しているはずなのに、正紀が陣屋で見かけることは、ただの一度もなかった。どこにいるかは分からない。

江戸にも折々やって来ているらしいが、上屋敷に顔を見せることはめったにない。ごくたまに、亀戸《かめいど》の下屋敷に現れたという話は耳にするが、何をどうするわけではなかった。

下屋敷には老齢の家臣がいて、その者とは繫がりを持っているらしいが、暮らしぶりを伝えてくることはなかった。高岡藩の様子については、そこから耳にしていると推量された。

佐名木は正森について、良くも悪くも言わなかった。そもそも話題に上がらなかった。いてもいなくても、どうでもいい存在だったといっていい。

それでも大殿に当たる人物だから、玄関まで迎えに出なくてはならない。正紀と佐名木、それに井尻が顔を揃えた。

「どのような、ご用件であろうか」

事前の知らせはなく、急に現れた。

「さあ、気まぐれかと存じますが。藩の政《まつりごと》に、関心はないと存じますゆえ」

「ご隠居される前に、政について話をしたことはなかったのか」

「大殿がご隠居をなされたのは、三十年も前でござる。その折それがしはまだ、部屋《へや》住《ず》みでしたゆえ、まともな話はしませんでした」

享保《きょうほう》十六年（一七三一）に兄の隠居によって正森は家督を継いだ。大坂加番の役にも就いたが、宝暦《ほうれき》十年（一七六〇）に五十一歳で隠居をした。その五年前に、正国を養子として迎えていた。

「ご健勝《けんしょう》にて」

玄関式台で、正紀は正森を出迎えた。正森は長身痩軀《ちょうしんそうく》で、ごくわずかに腰が曲がっている。しかし歳を考えれば、極めて壮健に見えた。膚《はだ》の色つやもいい。供も連れず、一人で徒歩でやって来た。

髪は白いが豊かで、面差しがどこか和に似ている。

若い頃は小野《おの》派一刀流の剣を学び、相当の腕だったと聞いている。しかし今でもその腕があるかどうかは、外見を見ただけでは分からなかった。

「うむ」

にこりともしない。着物や羽織は唐桟《とうざん》で、仙台平《せんだいひら》の袴《はかま》をはいていた。身に着けている煙草《たばこ》入れや根付《ねつけ》などの小物も、上物だとうかがえた。

「お目にかかれ、祝着《しゅうちゃく》に存じます」

客間に通した。

改めて挨拶《あいさつ》をした。

「高岡河岸は、流行《はや》っておるか」

値踏みするような眼で、正紀を見つめた。河岸場のことは、知っているらしい。

「はあ、何とか」

問いかけてはきても、さして関心があるようには感じなかった。ただ話題は他にない。

「佐名木には、変わりはないか」

「お陰様にて」

井尻にも声掛けをしたが、当たり障りのないものだった。

「では、奥へ参ろう」

話が弾むこともない。奥で、和や京と対面することになる。それには、正紀も連れ添った。

まずは仏間で合掌《がっしょう》し線香をあげたが、形ばかりのものだった。それから和の部屋へ行った。

「お変わりは、ございませぬか」

「ない」

実の娘ながら、和もやや緊張している。いつもは見せない、どこか気弱な表情をしていた。

京が、孝《こう》姫を抱いて現れた。曾孫《ひまご》となる姫の顔を見るのは初めてのはずだから、少しは気持ちを動かすかと正紀は思った。

けれども正森は、睨むような眼を向けただけだった。その顔が怖かったのか、孝姫は「わあ」と泣いた。

正紀と京は、泣く孝姫と部屋を出た。

「正森様は、日頃はどこでお過ごしなのであろうか」

京に問いかけた。一揆の折でさえも、国許には姿を見せなかった。

「江戸には、折々お越しになっているようですが」

詳しいことは、京にも分からない。下屋敷の老臣から伝えられるだけだという。

「曾孫の孝姫にも、向ける気持ちはなさそうに見えたが」

湧き出てくる不満を抑えながら口にした。

「さようでございますね。だいぶ風変わりな方と存じます」

どこか寂しそうな表情になって言った。事をいい加減には済ませない質《たち》だが、正森については、関わるのをあきらめている気配があった。

正紀は佐名木の執務部屋へ行って、井尻を交えた三人で正森について話をした。

「今の殿は、大殿との相性はどうなのであろうか」

「親しくはないと存じますが、不仲とは思えません」

佐名木の返事に井尻は頷《うなず》いた。

「五十一歳で家督を譲られた折には、病でもあったのか」

「いや、それはなかったと存じまする」

尾張藩出の正国に遠慮をして家督を譲ったとか、貧乏藩に嫌気が差したとか、様々な噂はあるが、はっきりしたことは分からない。佐名木も井尻も、正森に対して具体的な何かを知っている様子はなかった。

正室は、すでに二十年近く前に亡くなっている。

「日々の暮らしの費えは、どのようになさっているのか」

身なりはよかった。

「藩邸や国許の陣屋へおいでのときは、食事などの支度《したく》はいたします。しかし常は、どちらにもおいでになりませぬ」

井尻は言った。藩からは、一文も出していないとか。だとすると、どこかに金主がいるか、隠した資産があることになる。

しかし藩が困っているときでも、一文の支援もしなかった。

「おかしな方だな」

正紀は呟《つぶや》いた。胸の内には、不人情という気持ちがある。そもそも、病で国許にいると公儀に届けた以上、高岡で過ごさなくてはならない身の上だ。監視がいるわけではないから勝手に過ごしているが、これが表沙汰《おもてざた》になったら、高岡藩が面倒なことになる。

「まことに」

佐名木や井尻も、同じことを感じたようだ。

和と四半刻（三十分）あまり過ごして、正森が引き上げると知らされた。一同で見送りをした。

歩く姿が、やや危なげに感じた。

「供を、つけましょうか」

「いらぬ」

腹を立てたような口調で返してきた。門が開かれると、一人で通りに出て歩いて行った。

「どうも心もとないぞ」

正紀は植村を伴って、つけてみることにした。下屋敷でないなら、どこへ帰るのかと、それも気になった。

たっぷりの間を空けた。気付けば腹を立てるだろう。

どこかで立ち止まることもなく、確かな歩みで進んでゆく。八十一歳の歩みではないが、それができるのは若い頃に鍛えたからかもしれなかった。

両国橋《りょうごく》を東に渡って、大川に沿った道を南に進んだ。深川の六間堀《ろっけんぼり》河岸へ出た。ここで、歩き方がわずかに緩慢になった。何か警戒をする様子に見えた。あたりには人気がなくなっている。

そして……。

横道から二人の深編笠を被った浪人者が現れ、行く手を遮った。ものも言わず、刀を抜いた。笠で顔は見えなくても、殺気は伝わってきた。

「うむ」

正紀は助勢に出ようと身構えたが、そのとき正森のわずかに曲がっていた腰がぴんと伸びたのに気が付いた。怖れても慌ててもいない。

正森はゆっくりと腰の刀を抜いた。

あまりに堂々とした仕草だったので、正紀は出てゆくのをやめた。構えを見ただけで、ただならぬ剣技の持ち主だと察せられた。小野派一刀流の遣い手というのは、嘘《うそ》ではなさそうだ。

「やっ」

一人が斬りかかった。正森は前に出て、これを刀身で払った。動きを止めず、そのまま相手の肩に振り下ろした。

一瞬できた動きの隙を、衝いたのである。

相手は避け切れなかった。

「わあっ」

血飛沫《ちしぶき》が飛んだ。正森は巧みに返り血を浴びないように身をかわした。そして地べたに倒れ込む侍には目も向けず、もう一人の侍に切っ先を向けた。

相手は、正森の切れのいい動きに驚き、怖れをなしたらしかった。迅速《じんそく》には動けなくなっている。

「とう」

刀の動きを止めず、正森の刀は賊の腹を裁《た》ち割っていた。

あっという間のことである。正森は血の付いた刀身を懐紙で拭うと、鞘《さや》に納めた。

そして何もなかった顔で、六間堀の河岸道を南に歩いた。

立ち止まったのは堀の東河岸、南六間堀町の隠居所ふうの一軒家の前だった。迷う様子もなく戸に手をかけ、中へ入っていった。

「あそこが住まいのようだな」

「はあ」

植村は、直前に目にした光景を幻だとでも思ったのかもしれない。間の抜けた声の調子だった。

もちろん正紀も驚いている。驚くべき剣の遣い手だ。あれで八十一歳とは、到底考えられない。

それから斬り合いのあった場所へ戻った。そこには、数人の野次馬が集まっていた。倒れた体に、手を当てている者もいた。

「息はあるのか」

正紀は問いかけた。

「深手ですが、命はあります。今、医者を呼びました」

と返された。

正紀はそれを聞いて引き上げた。

襲った浪人者が何者なのか、なぜ襲ったのかが気になったが、ここで事件に関わるのは厄介《やっかい》だ。名乗らなくてはならない。

高岡藩が表に出ぬように、調べるつもりだった。

第一章　老人の謎

一

　屋敷に戻った正紀は、正森が襲ってきた二人の浪人者を返り討ちにした顛末《てんまつ》を、佐名木に伝えた。気持ちが昂《たかぶ》っているのは、自分でも分かった。

「なるほど。お歳を召しても、剣の腕前は衰えておりませぬな」

　聞いた佐名木は、称賛の声を漏らした。

「しかしあの浪人者は、なぜ襲ったのか」

　正紀には得心がいかなかった。正森の腕前もさることながら、そちらも気になった。金持ちの腰の曲がりかけた弱い老人と見たのか、他にわけがあるのか。いずれにしろ襲った場面からして、狙って斬りかかったのは間違いなかった。

金さえあれば、誰でもよかったとは感じていない。それならば町人を襲うだろう。佐名木にも、見当がつかない様子だった。

正森は二人に襲われても、まったく動揺を示さなかった。襲われることを、あらかじめ予見していたようにも感じられる。

「何かあるぞ」

正森への好感はないが、興味は湧いた。得体の知れない老人だ。

そこで正紀は、北町奉行所へ出かけて高積《たかづみ》見廻り与力の山野辺蔵之助《やまのべくらのすけ》に会った。同い年の山野辺は、神道無念流《しんとうむねん》戸賀崎《とがざき》道場で共に剣の修行をした幼馴染《おさななじみ》である。今は異なる身の上になったが、おれおまえの付き合いをしていた。

六間堀河岸での出来事について伝えた。内密に調べてほしいと頼んだのである。

「面白い爺様が現れたな」

正森については、話題にしたこともなかった。面白いかどうかは分からないが、調べれば、何かが出てきそうな気がした。

「分かった。当たってみよう」

山野辺は頷いた。

その日、正森から藩邸へは、襲撃に遭ったことについて何も知らせてこなかった。

藩には関わりのないこととして、処理をしようとしている。
下手をすれば、命にかかわる出来事である。何も伝えてこないのも、尋常なことではなかった。

江戸には百万人を超す人の暮らしがある。その暮らしの用を足す品が、毎日のように運ばれてきた。納屋に納めきれない荷は、路上に置かれた。この路上に積まれた荷には、危険防止と悪用防止のために高さや広さ、積み重ねの体裁に制限がなされていた。

北町奉行所与力山野辺の役目は、これを取り締まることである。役目とは関係ないが、荷の量や積まれ具合を見ると、その品が売れているかそうでないかが分かってくる。

山野辺は、正紀から依頼を受けた翌日、町廻りを済ませてから六間堀河岸へ足を向けた。町奉行所にも報告は届いていたが、分かっているのは斬られたのが正体の知れない浪人者ということだけで、詳細は調べ中だった。

「ええ、昨日二人の浪人者が斬られたことは、界隈では評判になっています」
土地の岡っ引きに問いかけると、そう返事があった。事件があった場は、今は何事もなかったようになっている。六間堀では、艪《ろ》の音を立てた小舟が行き過ぎた。

山野辺が地べたに鼻を近づけると、微かに血のにおいが残っていた。

「浪人は、死んではいないのだな」

「二人のうち、一人は今朝になって口が利けるようになったので訊きました」

斬られた二人は、近くの自身番《じしんばん》へ運ばれている。どちらも界隈では見かけない顔だった。中年の岡っ引きは、朝自身番まで出向いてきたとか。

意識は戻っても重傷には変わりないから、すらすらとは喋《しゃべ》れない。切れ切れに話すのを整理すると、次のようになった。

芝口《しばぐち》橋付近の雑踏をぶらぶらしていたところで、身なりのいい番頭ふうに声をかけられた。

「爺さんの侍を一人斬ってほしい」

という依頼だった。しばらく動けないような重傷を負わせる。死んだのならば、それでもかまわない。何者かは分からないが、相手は八十一歳だと聞いて引き受けた。あれだと告げられて見たら、やや腰が曲がっていた。あんなに凄腕だとは思わなかった。分かっていたら襲わなかったそうな。

「凄腕なのは確かです。医者の話では、ぎりぎりのところで急所を外していたそうです」

「手加減をしたわけだな」

いきなり二人に襲われて、それができる腕だということだ。

「雇った相手との面識はなかったのだな」

「はい。番頭ふうの歳は、三十代後半だったとか」

前金は銀五匁で、殺したり大怪我を負わせたりすることができたら一両出すと告げられた。

番頭ふうは、襲撃の場をどこかで見ていたはずだが、その姿を見た者はいなかった。

正紀や植村も、そのことは口にしていなかった。

「では近隣の者で、襲撃の場を見た者はいなかったのか」

「いえ、一人だけいました。たまたま通りかかった薪炭《しんたん》屋の小僧です。対岸のやや離れたところにいて、争う姿が見えたそうです」

ただ怖くて、まともに見てはいられなかった。斬った侍がいなくなってから、自身番へ届けた。

斬られた侍も、斬った侍も、顔に見覚えはなかったとか。

周辺には、犯行に繋がるような落とし物もなかった。岡っ引きとしては、それ以上の調べようがない状態だった。

山野辺は、さらに正森が入った隠居所ふうの建物について探った。正森が建物に入る姿を見ていたのは、正紀と植村だけだったことになる。場所は南六間堀町で、堀の東河岸に当たる。

ここでもまず自身番へ行って、建物の住人について問いかけた。

「あそこは借地ですが、建物の持ち主は蔦造《つたぞう》さんという干魚《ひうお》の売買をしている方です。店は持っていないと思います」

居合わせた初老の書役《かきやく》が応じた。

「では買い入れた品はどうするのか」

「どこかで、納屋を借りているのかもしれません」

そこまでは知らない。干魚の売買というのも、書役が本人から聞いたことだ。現物を扱わない相場師とも考えられた。

「蔦造さんは三十八歳で、四歳上の姉お鴇《とき》さんと暮らしています」

「老齢の侍が出入りをしていると聞くが」

「はい。八十年配の白髪《しらが》のお侍様が逗留なさいます」

「長くいるのか」

「三、四日のこともあれば、ひと月いることもあります」

どこの誰かは分からない。ただお鴇は、「旦那さま」と呼ぶそうな。

「富裕なお大名やお旗本のご隠居では」

と書役は続けた。

近所でも話を聞いた。

「あの家は、暮らしに困っている気配はありませんね」

子守りをしていた婆さんが答えた。

「蔦造が稼いでいるからか」

「まあ、そうじゃあないでしょうか。詳しいことは知りませんけど、お侍のご隠居が、後ろ盾になっているのではないかって、噂をしたことがあります」

出入りをしている酒屋を教えられたので、そこへも行ってみた。

「ご注文の品は、いつも極上の灘《なだ》の下り酒です」

番頭が綴りを見ながら言った。

「豪勢だな」

「旦那さまの好みだと、あそこのおかみさんは話したそうで」

「お鴇は、その侍の囲い者か」

「さあ、それは」

番頭は困った顔をした。この問いは書役にもしたが、肯定も否定もされなかった。

「その侍の評判はどうか」

「顔が怖くて近寄りがたいですが、何かをするわけではありません」

よくも言われないが、悪く言う者もいなかった。町の者には相手にされていないということか。

書役を使って、お鴇と蔦造を通りへ呼び出した。遠くから顔を確かめたのである。お鴇はふっくらとしているが、なかなかの美貌だった。蔦造は日焼けした彫りの深い顔で、精悍な目つきをしている。やり手の商人《あきんど》、といった気配を感じた。

隣町の乾物屋へも足を延ばした。

「干物を卸《おろ》す蔦造を知っているか」

「いや」

知らない様子だった。蔦造が口にしたという稼業が、本当かどうかは分からない。ただ界隈で、老人を刀で襲うほど恨む者は現れなかった。

二

正紀は夕刻、屋敷を訪ねてきた山野辺から、正森に関して聞き込んだ内容について報告を受けた。

「なるほど。正森様は、蔦造の商いに関わっているかもしれないな」

「うむ。いい酒を飲んで、大事にされている様子だから、それなりのことはしているのではないか」

「お鴇は、妻女なのであろうか」

「それはありそうだが、隠し子かもしれぬぞ」

「まさか」

大名家に隠し子がいるとなると、面倒だ。後に跡取り問題が絡んでこないとも限らない。ただお鴇と蔦造の面差しは、正森とは似ていないそうな。山野辺の軽口として聞き流した。

「それにしても蔦造は、いったい何をして稼いでいるのか」

干魚商いがどこまで本当か、半日足らずでは調べきれなかった。山野辺には本務があるから、これ以上は頼めない。

そこで正紀は、植村と佐名木源之助《げんのすけ》に調べさせることにした。

源之助は江戸家老佐名木源三郎の嫡男で十八歳、まだ部屋住みの身分である。佐名木家は在府の家柄なので上屋敷内で暮らし、神道無念流の剣術を学んでいた。切れ者なので、調べごとなどのときには用を言いつけていた。

「ははっ」

翌朝、事情を伝えた上で命じると、二人は出かけて行った。

「源之助様は、正森様とは話をしたことがおありなので」

歩いていると、植村が問いかけてきた。

「いや、遠くからお顔を拝見しただけです」

先代藩主とはいっても、せいぜい年に一、二度顔を出すだけの存在である。存命でありながら、藩とは何の関わりも持たない人物だ。天明の飢饉《ききん》の折にも、知らぬふりをしていた。

ただ襲撃を受け、瞬く間に浪人者二人を返り討ちにしたのは凄いと思っていた。何しろ八十一歳という高齢だ。藩から金子を得ることもしていない。どのような人物なのか、興味があった。

「しかし、どこをどう探ればいいのか」

植村は困惑の声を漏らした。とりあえずは深川六間堀河岸へ向かっている。その後のことは、まだ話し合っていなかった。

源之助は、思いついたことを口にした。

「お鴇と蔦造の古い知り合いを探して、そこから訊いてみてはどうでしょうか」

「なるほど。そうですね」

多少手間がかかっても、それが一番の近道だろう。そこで南六間堀町に着くと、自身番に足を踏み入れた。

「北町奉行所の山野辺殿より聞いてまいった。お鴇と蔦造について話を聞きたい」

「あの姉弟に、何かありましたので」

山野辺の名を出しているから、書役は丁寧な口ぶりだった。ただ昨日今日と尋ねに来られて、不審を持ったに違いなかった。

「姉弟が何かをしたのではござらぬ。ただ二人にまつわる者について、知りたいことがある」

とだけ告げた。

「あの家に越してきたのは、七年前です。その前は、小名木《おなぎ》河岸の海辺大工町《うみべだいく》にいました」

書役は、分厚い綴りをめくって答えた。こちらへ転居してからは、目立つことなく暮らしている。

そこで源之助と植村は、海辺大工町へ向かった。小名木川の南河岸に接した町だ。ここでもまずは自身番へ行った。山野辺の名を挙げてから、詰めていた書役に問いかけをした。

七年前でも、中年の書役は姉弟を覚えていた。

「お鴇さんは、料理屋で仲居をしていました。そこで旦那ができて、引かされたんです」

「器量がよかった、ということであろうか」

「まあ。でもそれだけでなく、気働きも利く人でしたよ。二年くらい囲われて借家にいましたが、南六間堀町に越しました」

「旦那が、家を持たせたわけだな」

「そんなところでございましょう」

「蔦造は」

「本所相生町《ほんじょあいおい》の乾物屋で手代をしていましたが、しくじって辞めさせられたと聞きました。その後どうしているかは分かりません」

乾物屋の屋号は分からない。さらに書役からは、お鴇と親しくしていた者を教えてもらった。お鴇が昔働いていた深川相川《あいかわ》町の、入江《いりえ》という料理屋の者だ。相川町は永代橋の南、大川の河口にある。

入江からは大川と江戸の海を見渡せる、瀟洒《しょうしゃ》な建物だ。現れた初老の肥えたおかみに問いかけると、お鴇を覚えていた。

「ええ、羽振りのいいお侍様で、孫のような歳でしたが、お鴇さんを気に入ったんでしょうね。世話をすると言いました」

九年前のことだ。

「そのお侍というのは」

「ご身分はおっしゃいませんでしたが、小浮森蔵《こぶけもりぞう》さまと名乗られました」

「ほう」

小浮というのは、高岡河岸に近い村の名だ。森蔵という名も含めて、正森に違いないと思われた。

九年以上前から料理屋で働く仲居もいると聞いたので、呼び出してもらった。その後の暮らしについて、知っていることがあったら話してほしいと伝えた。

けれどもその仲居は、いまだに親しく付き合っているわけではなかった。

「永代橋近くの道で、ばったり会って少しばかり立ち話をしました」

という者はいた。羽振りがいい様子だったが、何を稼業にしているのかについては話さなかった。

次は本所相生町へ行った。竪川《たてかわ》と回向院《えこういん》の間にある町だ。表通りには、参拝に訪れたらしいそれなりの人の流れがある。山門に近いあたりには、何軒か露店も出ていた。若い娘三人が、安物の簪《かんざし》を商う店の前で品定めをしている。はしゃぐ声が聞こえた。

木戸番に訊くと、町内には乾物屋は二軒あると知らされた。二軒目の主人が、手代だった蔦造を覚えていた。間口は五間（約九メートル）あって、品数も豊富だ。客の出入りも絶え間なくあり繁盛している様子だった。

「あいつは、商いはよくやりました。品の良し悪しを、一目で見分けられるようになった。でもね、かっとなると見境がつかなくなる」

「何かあったのだな」

「吟味《ぎんみ》した無傷の鰹節《かつおぶし》を売ったが、いったん持ち帰った後で、小さな欠けがあると文句を言ってきた客がありました」

確かめて売ったのだから、そういうことはないと告げたが、客は引かなかった。店先で大きな声を出し続けた。

蔦造はとうとう、辛抱ができなくなってしまった。客に手を出してしまったのである。

「何であれ、お客さんに手を出してしまった奉公人は、置いておけません」

やむなく店を辞めさせた。姉のところへ転がり込んだとは聞いたが、その後どうしているかは知らないと告げた。

「使えるやつでした。ああいう騒ぎさえ起こさなかったら、番頭にもなれたでしょう」

商人としての才覚はあったらしい。

町内を訊いて回ると、蔦造を覚えている者はいた。

話を聞くと、喧嘩《けんか》っ早いが話せば分からない者ではない。年寄りには親切だったと、悪評は聞かなかった。

ただ今何をしているのか、知る者には会わなかった。もちろん正森や小浮森蔵を知る者も、料理屋のおかみ以外からは出てこなかった。

三

聞き込みに出ていた源之助と植村が、屋敷に戻ってきた。正紀は御座所に呼んで話を聞いた。

「正森様は、金の面では困っていません。というよりも、贅沢《ぜいたく》をしているようにさえ感じます」

孫ほどの歳の女を傍《かたわ》らに置き、極上の酒を飲んで身に着けるものは唐桟だ。源之助が不快そうな口ぶりになるのも理解できた。植村も頷いている。

「そのくせ、藩が困っていても、知らぬふりだからな」

窮状を耳にしていないはずはない。

ただ正森の暮らしの裏には、刃物沙汰を厭《いと》わない乱暴な世界が横たわっている。いったいどのような世界なのか。源之助と植村の調べでは解決がつかない。

源之助と植村を下がらせた後、佐名木と井尻を御座所に呼んだ。二人から聞いた話を伝えた。

「何があろうと正森様は、藩に尻拭いをさせるようなことはなさらないおつもりなのでしょう」

話を聞いた佐名木が言った。

「力は貸さないが、世話にもならないというわけだな」

だから襲撃されても、伝えてこない。正紀も、つい棘《とげ》のある言い方になった。

「ご自身では、襲われたわけがお分かりかもしれませぬ」

佐名木が口にした。たぶんそうだろう。訊いても、何もないとの言葉が返ってくるだけに違いない。

「それでよろしいではないですか。当家に、面倒なこと、金のかかることが降りかかってこないならば、かまわぬのでは」

井尻は冷ややかだった。

関わりたくないという姿勢だが、正紀はそれで済むのかと考えた。もしていることが不法でそれが露見したら、高岡藩は知らなかったでは済まない。一石でも減封《げんぽう》があれば、井上家は大名ではなくなる。

いつもの佐名木ならばこのあたりをはっきりさせるはずだが、正森については触れないようにしている。それも気になった。

さらに正森について、調べようという気持ちになった。これまで見て見ぬふりをしてきた。しかし何かがあってからでは遅い。

高岡藩の存亡に関わることならば、その芽は摘んでおかなくてはならなかった。

翌日正紀は、植村を供にして青山原宿村《あおやまはらじゅく》にある井上家の本家浜松藩の下屋敷へ出向いた。源之助には、南六間堀町のお鴇と蔦造の住まいの様子を見に行かせた。

下屋敷には、浜松藩の元中老で今は隠居をしている荻野多忠《おぎのおおただ》なる者がいる。跡取りは藩の組頭《くみがしら》を務めていた。六十も半ばになり、隠居して江戸も外れの、片側は田圃《たんぼ》の広がる下屋敷へ移った。

「わざわざここまで、よくお越しなされた」

荻野は歓迎してくれた。正紀が婿に入ったときから、半年ばかりはまだ上屋敷にいた。藩のご意見番といった役割を担っていた。正紀は本家に行った折には、あれこれと世話になった。

「正森様がご健勝なのは、何よりでござる」

話題にすると、荻野は言った。

襲撃された件は伝えず、人となりを聞かせてほしいと伝えた。世子が、先代藩主について知りたがるのは、おかしなことではない。

まだ健康でありながら藩主の座を退いたわけなどを聞きたかった。何しろ三十年も前のことなので、誰にでも尋ねるわけにはいかない。

佐名木や京では、はっきりしなかった。

「正森様はまだご壮健でありましたから、家督を譲るとされたときには、本家でも慰留をいたしました。当時の高岡藩の御重職方からも、まだ早いという声が多くあり申した」

正森は大坂加番に任じられるなど、能吏《のうり》の一面もあった。

「大坂加番となれば、お役料も入る。豊かとはいえないにしても、天明の飢饉のはるか前でござった。本家だけでなく、分家にしても、藩の内証《ないしょう》は今よりは楽だったはずです」

「なるほど」

とはいえ尾張藩で育った正国のような、奢侈《しゃし》な暮らしはできなかっただろう。

「藩は宝暦五年（一七五五）に徳川宗勝様の十男である松平勝斯（正国）様を養子に迎えたが、正森様は当初、この縁組に乗り気ではなかったと聞きました」

「ほう」

これは初耳だ。続けて問いかけた。

「尾張の血が入れば、藩政は思いどおりにいかなくなるという考えですね」

「それはあったでしょう」

と返されて、納得がいった。正紀が婿に入るときも、家中にはそういう考え方をする者が少なからずあった。本家にも、反対をする者がいた。

ただ尾張と繋がりを深めることが得策だと考える者の方が多かった。それで二代にわたって、尾張一門から婿が入った。事実尾張出身の正国は、大坂加番、大坂定番と出世の道を歩み、奏者番にまでなった。松平信明のように奏者番からいきなり老中は異例だが、京都所司代や大坂城代を経て老中へ昇進する道は開かれていた。

たとえ一万石でも、正国には尾張徳川家という後ろ盾がある。正森は大坂加番で終わった。

「正国様を婿として迎えて、五年後に隠居をなされた。その四月ほど前に、二人で話をしたことがござった」

荻野は、昔を思い起こす顔になって言った。

「はて、どのような」

「正森様は城内での発言について、尾張から指図《さしず》を受けて厄介だと申された。詳細は、話されなかったが」

三十年も前のやり取りでも覚えているくらいだから、正森はよほど不快な顔をしていたに違いない。ただないとは言えない気がした。祖父の宗勝の時代である。宗勝は正森を身内だと考えて、要求もしただろう。良くも悪くも、江戸城内は政局の場だ。

「面倒になったのでしょうか」

正国も正紀も、尾張から助けられる場面はあるが、厄介だと感じたことはない。しかしそれは二人がもともと一門の者で、そうではない正森にしたら面白くなかったのかもしれなかった。

「しかし尾張と縁ができて、負担があったばかりではござらぬ。正森様は、大坂定番に推挙されたという話もござった」

喜ぶべき話だ。しかし実現はしていない。

「正森様が、お断りになったのでしょうか」

「そこは分からぬ。話はいつの間にか流れていた」

「断ったのならば、それなりのわけがあったと存じますが」

「拙者は、正森様は遠慮をしたと受け取り申した。ご公儀での出世は、尾張の血を引く正国様がすればいいと」

「ようるさく指図をされるのも、お嫌だったのでは」

「それもあるでしょう」

「他には、どうですか」

理由は一つとは限らない。

「藩の内証は、この頃から徐々に苦しくなっていったのではないかと存じます。正森様も和様も、奢侈な暮らしを好むところがござった」

天明の大凶作は藩財政を圧迫したが、三十年も前から、高岡藩の逼迫は始まっていたという話だ。

藩財政は、さらに酷くなった。天明の大凶作という追い打ちもあったが、内証の厳しさは三十年前の比ではない。もしそうだとするならば、正紀としては面白くない。

「投げ出した、ということではありませぬか」

「まあそうなりまするが、正森様は壮健とはいえ、そのとき五十一歳でした」

「ううむ」

老境に入る歳ではある。何か不都合が、他にもあったかもしれない。

「今となってはご長命といえまするが、先のことは分かりませぬゆえな」

後は勝手にやりたいか……。

荻野の話がすべて事実かどうかは不明だが、聞きようによっては、正森は高岡藩を見限ったとも感じられた。

話を聞いて、正森について多少は分かった気がした。しかし共感を持ったわけではなかった。

四

青山原宿村からの帰り道、正紀は荻野から聞いた話を植村に伝えた。話すことで、考えを整理するつもりだった。

「そのお話ですと、ご隠居をなさったのは、尾張様と何かあってというようにも聞こえますね」

話を聞いた植村は答えた。

「まあ、そうなるな」

「ただそれでは、八十一歳が浪人者から襲撃を受けたこととは繋がりません」

「まったくだ」

三十年前についても気になるが、正森が襲撃を受け、たちまちに斬り倒した一件の衝撃は大きい。裏に何かがある。そこを知りたいのだ。

「直《じか》に、訊いてみることはできないのでしょうか」

「それで話すとは、思えぬな」

和や京、佐名木でさえ、腫れ物に触るような扱いをしている。正紀が問いかけたところで、一蹴されるのは目に見えていた。

下谷広小路《したやひろこうじ》の高岡藩上屋敷に戻ってしばらくした頃、南六間堀町へ行っていた源之助も帰ってきた。

「変わった様子は、何もありません。家の周囲にも、不審な者の気配はありませんでした」

源之助が言った。

四半刻ほど様子を見ていると、蔦造が出てきたという。源之助はそれをつけた。

「行った先は、本所松坂《まつざか》町の乾物屋でした。番頭と少しばかり話をしていましたが、それで引き上げました」

源之助は家へ戻ったことを確かめたところで、乾物屋へ行って、話の内容を尋ねた。

「銚子からの、干物を買い入れる話でした」

正森は二人の狼藉者《ろうぜきもの》に襲われたわけだが、それを知っているはずの蔦造が、怯えたり警戒したりする様子はうかがえなかったとか。

こうなると、新たな手立てが浮かばない。ここで正紀の気持ちに引っかかったのは、銚子という言葉だった。

房太郎がした、銚子では鰯が不漁になっているという話である。

今、高岡藩で片付けなくてはならない問題は、八月にある正国の参府のための費用調達だった。どう少なく見積もっても、四十両は欲しい。正森も気になるが、そちらを放っておくわけにはいかなかった。

半年など、すぐに過ぎてしまう。

干鰯や〆粕の相場に関わる元手はないから、鰯には関われない。当面できることは、高岡河岸の活用だ。

利用者を増やすことは、藩の増収に繋がる。

御座所へ井尻を呼んで、高岡河岸の利用状況を記した綴りを検《あらた》めることにした。河岸場からは、いつ、どこの店のどのような荷を、どれほどの期間置いたか逐一伝えさせ記録に残していた。

「減っているところや一度使ってそのままになっている店があったら、そこへ働きかけるのがよいであろう。続けて使わせるのが肝要だ」

「まことに」

この二、三か月分を見てゆく。綴りを見ていると、多くの種類の品が船で運ばれていることが分かる。

「おや、これは」

欄外に、〆粕四十二俵というのがあった。十日ほど前に検めたときには記載はなかった。

〆粕や干鰯、魚油の類《たぐい》はにおいが強いので、高岡河岸の納屋には入れないことにしていた。他の品に、においが移るからだ。

「ははっ。それは鬼怒川《きぬ》と小貝川《こかい》へ行く荷を分けるために、一日だけ置いてほしいというものでございました」

納屋に入れず、土手に置いて幌をかけたという。幸い晴天だったので、荷は濡れることもなかった。

「露天でも、納屋を使ったものと同じ代金を受けております」

井尻は胸を張った。

「露天に一日置くほど、鰯は豊漁なのであろうか」

そうならば、房太郎が口にしていたことは、根も葉もない噂話だったとなる。

房太郎は、銭金のにおいには敏感だ。感じたからこそ、先日は深川まで出てきたのである。

今のところ元手はないが、少額であってもそれを増やせるならば、手を出してもいい。そういう気持ちがないわけではなかった。

あきらめるつもりだったが、こうして思い出し気持ちが揺れるのは、未練があるからだ。房太郎の話を聞いてから、すでに数日が経っている。干鰯や〆粕の値がどうなっているのか調べてみようと思った。

ならば手っ取り早く、干鰯や〆粕の輸送をしている船問屋に訊くのがよさそうだ。

翌日、植村を供に、深川伊勢崎《いせざき》町の濱口《はまぐち》屋へ行ってみることにした。

濱口屋の主人幸右衛門《こうえもん》とは、藩の廻米輸送の折に知り合った。高岡河岸にある四棟の納屋のうち一棟を建てるにあたっては、資金の援助を得た。滝川の拝領町屋敷は、濱口屋の分家が使って家賃を払っている。

正紀は、幸右衛門とは親子以上に歳が離れているが、昵懇《じっこん》の間柄といってよかった。

濱口屋の荷船は、関宿経由で銚子へも行っているはずだった。

店の前の船着場には、遠路の航行を終えた三百石の空船が停まっていた。水手《かこ》が掃除をしている。

「ええ。銚子への荷船は、四日か五日に一度くらいは出ます。干鰯や〆粕も、運んでいますよ」

問いかけに、幸右衛門は答えた。店には人の出入りが少なくないが、行けば茶菓でもてなしてくれた。

「干鰯や〆粕の量は、ここのところ変わりはないか」

「さあ、驚くようなことはありませんが」

こともないという顔だった。そこで正紀は、鰯の不漁について問いかけた。

「それをどこで」

幸右衛門は真顔になった。おや、という気持ちで返した。

「地獄耳の者がいて、聞いてきたが」

「実は、その気配がありまして」

大きな動きではない。ただこの半月あまりの間、微妙に出荷量が減ってきた。ただときには三百俵、四百俵運ばれてくることもあるから、気にする者は少ない。

「ですが今後の干鰯や〆粕運びの話が、出てこなくなっています。例年ならば、二か月、三か月先でも、荷船を押さえておこうとします」

「今は在庫があるから出荷はするが、これからは分からないというわけだな」

「そういうことです。獲れなくなる虞《おそれ》が、あるのではないでしょうか」

「これはどこまで信じられる話かは分かりませんが、銚子へ行った水手の一人が、向こうの居酒屋で鰯の不漁について話す漁師がいたと言っていました」

まだ不漁は顕在化していないが、兆候は出ていると幸右衛門は告げていた。

「では、今のうちに仕入れていたら、儲かるわけだな」

「そうかもしれません。ですが今でもまったく獲れないわけではなく、またこれからのことは分かりません」

「まさしく。相手は魚だからな」

「先が読めない商品です。それに大事な金子を注ぎ込むのは、慎重になさらなければなりますまい」

「それはそうだ」

幸右衛門の言葉に異存はない。ただ干鰯や〆粕を商いにする者に出荷を躊躇う気配があるとするならば、それなりの予想ができるからではないかと考えた。

「なるほど」

五

濱口屋を出た正紀と植村は、新大橋《しんおおはし》を西へ渡り、日本橋本町の熊井屋へ行った。重厚な大店老舗《おおだなしにせ》の店舗が並ぶ通りでは場違いの、間口二間の店である。訪ねているかどうか分からなかったが、声をかけると幸いにも房太郎は姿を見せた。訪ねてすぐに出会えるのは難しい。日がな一日、物の値を検めながらあちらこちら歩き回っている。

「あれから、干鰯や〆粕の値の動きはどうか」

正紀は房太郎に問いかけた。何かを売っているわけではない。店の棚には、古びた秤《はかり》が置いてあった。

「買いますか」

抜け目のない商人の顔だった。

「いや、聞くだけだ」

金はない。

しかし麦や銭相場のときは、金子を借りてやった。あのときも追い詰められていた。

どこかから借りられるならばそれもいいが、今度の方が損をする可能性は高い。

「たぶん、儲かると思います」

房太郎は、「たぶん」というところを強調した。絶対ではないと言いたいらしい。自信があれば、こういう言い方はしない。

正紀は、幸右衛門から聞いた内容を話した。

「船問屋のご主人の見方は、正しいかもしれませんね」

偉そうな言い方をした。自分の読みと重なって、まんざらではない気持ちが伝わってきた。

「今日も深川まで、値を見に行きました」

深川堀川町の波崎屋など、見て廻ったところは十貫でおおむね銀二十匁だったとか。

「上がっているな」

「はい。とはいえ、この程度の値動きはいつだってあります」

一応慎重な言い方をしたが、丸眼鏡の向こうにある目は輝いた。

「干鰯と〆粕というのは、どういう商い方をされるのか」

米や麦、塩や醤油《しょうゆ》ならば分かるが、魚を加工した品となると想像をしたことさえなかった。

「漁師が魚を獲ってきます。その鰯を集めて、網元《あみもと》が干鰯や〆粕を作る者に売ります」

「手を加え、肥料としたものを江戸の問屋が買うわけだな」

「そうです。魚油は、〆粕を拵える作業の中でできます」

「〆粕を拵える者は、魚油も売るわけだな」

「そうなります」

房太郎は頷いた。そして続けた。

「百俵（二千五百貫）を仕入れて、江戸の問屋が十貫を銀二十匁で売ったとします」

「うむ」

「一両を銀六十匁と計算して、動く金子はおよそ八十三両です」

正紀も、頭の中でざっと計算してみた。

「網元に払われる鰯の代金が二割程度で、およそ十七両になります」

「確かめたのか」

「干鰯〆粕魚油問屋の手代から聞きました。店や漁師の事情によって多少は変わったとしても、そんなところだと思います」

「それでどうなるのか」

「生の鰯を肥料にするところが、おおむね地廻《じまわ》り問屋の役目もして、江戸への送料込みで六割。およそ五十両です」

「すると江戸の問屋は、百俵につき網元と同じ十七両ほどを受け取るわけか」

なんとなく、商いの流れが見えてきた。

「はい。そこで今、百俵を江戸の問屋で買うと、支払いは八十三両です。ですが十貫が銀三十匁まで値上がりしたら、百二十五両となります」

「四十二両の儲けだな」

悪くない話だ。百俵で、八月の参勤交代の費用が出る。

「しかしそんなに都合がよくいくのか」

「あくまでも不漁が続き、値上がりをすればの話です」

力が抜けた。絵に描いた餅を見せられた気がした。

「不漁がまことかどうか、それは江戸にいたのでは分からぬのではないか」

人から聞いたのでは、己がした判断にはならない。

「その通りです。ですから私は銚子まで行って、本当に不漁なのかどうか、この目で確かめてくるつもりです」

腹を決めた顔で言った。薄っぺらい体で頼りない外見だが、こういうときはきりりとして見えた。

「不漁が明らかならば、向こうで仕入れます。問屋が手にする分だけ、安く仕入れられます」

それならば百俵は、八十三両ではなく六十六両で済む。仕入れる前に値上がりすれば、話は別だが。

「その方らしいな」

金儲けという点では、したたかな男だ。だから脇両替でも、江戸の一等地に店を張っていられる。

繰綿相場のときは、片思いの娘に振り回された。あっけなく振られたが、それで金儲けに対する執念がより深くなったように感じる。

「あくまでも仮にの話だが」

「何ですか」

「値が上がるとしたら、どこまで上がるのか。下がるとしたら、どの程度になるのか。思うところを話してみよ」

これは聞いておきたい。

「干鰯にしてもメ粕にしても、使うのは百姓です」

「それはそうだ」

「干鰯やメ粕は、人糞よりも肥料として効果があります。とはいっても、あまりに高値になれば手を出す者はいなくなります」

「出せる銭に、限りがあるからだな」

「そうです。あまりに高値になったら、人糞でよしとするでしょう」

人糞ならば、品不足にはならない。

「せいぜい十貫で、銀四十匁から四十五匁あたりまでではないでしょうか」

「しかしそこまでいったら、相当な利になるぞ」

気持ちが動いた。

「豊漁になれば、値は下がると申しました。銀十匁くらいになるかもしれません。ですが鰯が戻っても平年並みならば、銀十五匁よりも下がることはないのではないでしょうか」

儲けられる見込みの方が大きいと考えているようだ。だから房太郎は、乗り気になっている。

その嗅覚の確かさを、正紀は認めていた。

「ならばかの地へ行って、その調べがどうなったか、文で教えてもらおう」

と告げると、房太郎は口元に嗤《わら》いを浮かべた。

「これは金儲けです。そのお気持ちがあるならば、正紀様なりご家来なりが、銚子へ出向くべきです」

一緒でもかまわないと付け足した。

「ううむ」

言っていることは、間違いなかった。

今藩には金はないが、正紀の気持ちは動いていた。問題は、六十六両を作れるかだった。高岡藩には、まだ諸所《しょしょ》に借金がある。

また金子を用立てられたとしても、すべてを失うわけではないが減らす虞がないとはいえない。それは許されなかった。

六

屋敷に戻った正紀は、干鰯や〆粕相場について佐名木や井尻に話そうかと迷った。しかし口には出せなかった。

何であれ六十六両を拵えるのは、今の高岡藩では至難のことだと思うからだ。話すならば、その見当をつけてからだろう。

翌日正紀は、源之助と植村を伴って、深川へ〆粕の値を検めに行った。房太郎と話した内容については、歩きながら源之助にも伝えた。

「確かに、気になる話ですね」

話を聞いた源之助は言った。

「麦や銭のときのように、うまくいけばいいですが」

植村の方が慎重だった。損をする虞もあるというところが気になるようだ。

新大橋を東へ渡った。

今日も多数の荷船が、行き来をしている。

まず、俵屋《たわらや》という店へ行った。前にも検めた店だ。

「十貫で、銀二十匁ですね」

店の中を覗いた植村が言った。

次は波崎屋で、これも前に検めた店だった。ここは銀二十一匁だった。

「わずかですが、上がっていますね」

源之助が言ったが、不漁の兆候と言えるものではなかった。

さらにもう二軒、干鰯〆粕魚油問屋を覗いた。銀二十一匁と銀二十匁で変わらない。

「鰯は、よく獲れているのか」

「ええ、まずまずではないでしょうか。値も動いていませんから」

店先にいた手代に正紀が訊くと、迷いのない口調で返された。

「江戸で店の様子を見ているだけでは、どうにもなりませんね」

源之助の言葉は、もっともだった。銚子まで出向くという、房太郎の判断は正しい。

「ついでに、正森様の住まいの様子も見て行こう」

「あれから、どうお過ごしでしょうか」

正紀の言葉に植村が応じた。植村も浪人者を返り討ちにした場面を見ている。山野辺からの知らせでは、二人はどうやら命拾いをしたらしかった。とはいえ、命じた者は分からないままだ。

「変わった様子はありませんね」

戸は閉じられていて、しんとしている。様子を見ていると、どこからかのんびりとした羅宇《らう》屋の呼び声が聞こえてきた。

そしてしばらくして、入口に人の気配があった。戸が内側から開かれた。正紀らは、物陰に身を寄せた。

出てきたのは、三十代後半の番頭ふうの身なりの男と、ほぼ同じ年頃に見える商家のおかみふうの女だった。二人は面差しがどこか似ている。

「蔦造と、たぶんお鴇ですね」

源之助が言った。源之助は蔦造の顔は知っている。蔦造は竪川方面に、女は小名木川方面へ歩き始めた。

それぞれを、つけてみることにした。女の方を正紀が、蔦造を源之助と植村がつけた。

女は、脇目も振らず歩いて行く。知り合いらしい老婆に出会ったが、挨拶をしただけですれ違った。愛想《あいそう》は悪くない。

小名木川と仙台堀を越え、油堀の南河岸一色《いつしき》町の乾物屋の前で立ち止まった。間口四間（約七・二メートル）の、中どころの店である。

店先にいた番頭に声をかけ、親し気に話をした。商いの話だと思われた。話し声は聞こえないが、店頭の干物を指さしている。そのまま店の中に入り、今度は主人と話をしているようだ。

店の外にいた小僧に、主人と話をしているのは誰かと尋ねた。

「お鴇さんです」

銚子から運ばれる干物を仕入れているらしい。これで女がお鴇であり蔦造の商いを手伝っていることが分かった。

次に行ったのは油堀西横川《にしよこがわ》の河岸、北川《きたがわ》町の乾物屋だった。間口は二間の小店である。

同じような様子で、店番をしていた女房と話をした。

もう一軒行って、その次の四軒目は大川の河口に当たる熊井《くまい》町の干鰯〆粕魚油問屋だった。間口は五間で、大店の部類に入る。

「ほう」

ちと驚いた。魚介に関わる店ではあるが、干物商いではない。大店であるにもかかわらず、番頭とは親し気に話をしていた。店には特有のにおいがあるが、気にする様子はなかった。

世間話をしているとは思えない。どうやらお鴇や蔦造は、干物だけを扱っているのではなさそうだ。

「そうなると、思っているよりも大きな商いをしていそうだ」

と感じた。確かに南六間堀町の住まいを見ると、手入れも行き届いていて金のない者の家には見えない。逗留する正森には、灘の下り酒を飲ませていた。

何か言い合って、二人で笑っている。お鴇と主人や番頭たちのやり取りを見ていると、女であっても、なかなかのやり手という雰囲気があった。

四軒廻ったところで、お鴇は南六間堀町の家へ帰った。

そこまで確かめてから、正紀は仙台堀北河岸の伊勢崎町の船問屋濱口屋を訪ねた。

幸右衛門に、気になる点を問いかけた。

「店舗を持たぬ者が、銚子から干物を仕入れて江戸で売る。そういうことは、よくあるのか」

ざっとお鴇の住まいや商いぶりについて話してからのことだ。

「決まっている店に卸すだけで、自分で売るのでなければ店舗はいらないでしょう。余計な費えとなります。もしかしたら仕入れ先の銚子に、店があるのかもしれませんね」

幸右衛門は答えた。

「干鰯〆粕魚油問屋へも入ったが」

「銚子に本店《ほんだな》があって、そこから仕入れているならば、加工された鰯も商うのではないですか」

「なるほど」

「何しろあそこは、鰯の産地ですからね」

濱口屋の船は、利根川と江戸川を中心にして荷を運ぶ。

「そうなると、干鰯や〆粕の話となるな」

鰯の不漁が頭にあっての動きかと考えた。正森のこともあるが、つい頭がそちらへゆく。

〆粕の値が、微妙に上がったことを伝えた。

「ならばやはり、鰯絡みの話かもしれません。銚子から、何かの知らせがあったのではないですか」

「どのような」

銚子に本店があるならば、どこよりも早く詳細が伝わるだろう。

「それは、存じません。はっきりと自分の目で見るか、確かな知らせがない限り、商人は動きません」

「それはそうだろう」

房太郎の顔が頭に浮かんだ。

「正紀様は、〆粕商いに関わりたいのでございましょう」

もの言いたげな目を向けている。

「まあそうだが」

こちらの言動を見ていれば、気が付くだろう。隠すつもりはなかった。

「何をなさろうと勝手ですが、うちからは資金のお手伝いはできません。お含みくださいませ」

先を越されてしまった。幸右衛門は親しく接してくれるが、商人として引いた一線を越えることはない。

これまでも、いろいろと世話になっている。無理なのは分かっていたが、気持ちのどこかで助けてもらえたらという願いはあった。

それは潰された。

「ただ銚子へお調べに行かれるのでしたら、うちの荷船をお使いくださいませ。二人や三人乗ったところで、邪魔にはなりません」

都合のいい荷船があるならば、ただで乗せるという話だった。

正紀が屋敷に帰ると、蔦造をつけた源之助と植村はすでに戻って来ていた。

「蔦造が向かった先は、浅草三好町《あさくさみよしちょう》の船問屋でした。荷船の依頼に出向いたようです」

植村が続けた。御米蔵《おこめぐら》の北側、浅草川に面した町だ。

「何日かして荷が届くので、運びたいという話で」

蔦造が去った後、源之助が番頭に問いかけた。荒川《あらかわ》を上る荷船だそうな。

「干物か」

「だと思いますが」

問いかけても、番頭ははっきりとは答えなかった。運ぶ客の商品について、どこの誰とも分からない者にべらべら喋らないのは当然だ。

「腑に落ちないな」

銚子から仕入れた干物を、さらに荷船で荒川上流へ運ぶということに疑問があった。内陸へ干物を運ぶのは分かるが、わざわざ銚子から来た品をさらに運ぶのかという点である。鯨《くじら》など特別なものならばともかく、そうでなければありえない。

江戸で獲れた魚でいいではないか、と考える。

「ならば干鰯とか〆粕なのか」

だとすれば、お鴇の動きとも繋がる。

七

正紀は、蔦造が三好町の船問屋へ輸送を頼む荷について、はっきりさせたいと思った。ただ縁のない者が尋ねても、答えてはもらえない。

そこで山野辺に、訊いてもらうことにした。商いの邪魔をするつもりはないし、悪意もない。

「訊くだけだぞ」

「もちろんだ」

山野辺は、付き合ってくれた。川辺にはいくつもの船着場が並んでいて、荒川を上り下りする荷船が停まっている。

「海産物を商う蔦造が近く荷を運ぶようだが、それは何か」

山野辺は腰の十手に手を触れさせながら、店の番頭に問いかけた。正紀は傍で聞いている。

番頭は躊躇ったが、触れられた十手に目をやってから答えた。

「〆粕の俵だそうです。においが出ますので、一緒に載せる荷は選ばなくてはなりません」

半月近く後だが、早めにということで、昨日やって来たのだとか。日にちの確定はされていない。そのあたりでとの話だった。

「荷はどこから来て、どこへ運ぶのか」

「銚子からだと聞いています。五十俵を、新河岸川《しんがし》の古市場《ふるいちば》河岸へ運ぶことになっています」

「この度が、初めてか」

「いえ、六、七年前からです。〆粕と魚油でした」

姉弟が南六間堀町へ移ったあたりからだ。そうなると前から、干物だけではなく〆粕と魚油の商いもしていたことになる。

「銚子の仕入れ先の店はどこか」

「さあ。蔦造さんが商う品ですから」

いちいちそこまでは知らないという顔だ。

「蔦造の屋号は、なんというのか」

今まで知らなかった。

「松岸《まつぎし》屋さんです」

銚子に本店があるとしたら、その屋号になる。

「蔦造は、他にも〆粕や魚油を送り出すか」

「あとは、荒川の平方《ひらかた》河岸などへ、百俵ほど運びます」

干物ではなく、〆粕や魚油が中心だとか。

「他の荷船も、使っていそうだな」

「ええ。急ぎのときは、他の問屋の船も使っていただきます」

船問屋を出てから、話をした。

「なかなか大きく商いをやっていそうだな」

「いかにも」

山野辺の言葉に、正紀は応じた。

「この商いに、正森様は関わっているのか」

江戸店を持つほどではないが、仕入れの総量はそれなりになりそうだ。

「正森様がどのような役割を果たしているかだな」

「それは本店へでも行かなくては、分かるまい」

山野辺に言われると、頷くしかなかった。

「高積見廻りをする中では、干鰯や〆粕の量が目立って増えたり減ったりはしていないぞ」

「ということは、鰯は不漁ではないのか」

少しがっかりした。

「いや。干鰯や〆粕は、拵えるのに日にちがいるのではないか」

山野辺も詳しいわけではない。しかし干したり茹でたりするならば、それなりの手間はかかりそうだ。

「早くても、二、三日はかかるのではないか。在庫もあるだろう。いきなり品不足とはなるまい」

「なるほど。不漁だからといって、すぐに品不足になるわけではないな」

正紀は、山野辺の言葉に得心がいった。

「だから江戸にいたのでは、分かりにくいということだ」

山野辺は決めつけた。

屋敷に戻った正紀は、ここまでの話を京にした。部屋に入ると、孝姫が抱けとせがんでくる。

「よしよし」

抱いてやると、涎《よだれ》だらけの口を正紀の顔に押し付けてくる。顔が涎まみれになるが、それも可愛い。

「正森さまがお金に困らないのは、やはり蔦造なる者の商いに関わっていらっしゃるからでしょうね」

話を聞いても、京は驚かなかった。会うのは年に二、三回もないが、いつ会っても金に困っている様子はなかったという。得心がいった顔だった。

安堵《あんど》ではない。縁を切ったような相手だから、とりたての思いはなさそうだ。ただ娘である和がどう思っているかは分からない。

正紀が尋ねるのは憚《はばか》られた。

「干鰯や〆粕は、よほど利になるのでしょうか」

房太郎が銚子へ行く話は、すでにしていた。

「不漁ならば、なるようだ。今日は昨日よりもわずかだが値上がりをしていた」

濱口屋でした話についても伝えた。

「誰ぞに、銚子まで様子を見に行かせてはいかがでしょう。どうするかは、その後で決めればよいのでは」

「そうだな」

背中を押された気がした。

「それにあちらへ行けば、正森さまのことも、もう少しはっきりするのではないでしょうか」

孝姫が、「ぶう」と言いながら、顔を近づけてきた。京とだけ話をしているのが気に入らないらしい。

「可愛いぞ」

と声をかけた。

正紀は佐名木の執務部屋へ行った。そこへは井尻も呼んだ。ここまでのことを伝え、銚子へ人をやることを提案するつもりだった。

反対されたら、それでもというつもりはなかった。

鰯が不漁らしいとは、前にも話していた。話を聞いた井尻が、まず口を開いた。

「濱口屋の船を使えるならば、路銀は節約できますな」

珍しく前向きな発言なので驚いた。石橋を叩いても、渡らない男である。相場でしくじりをしたことがあり、それ以来、ますます臆病になっていた。

「房太郎も一緒ですね」

井尻は、房太郎のことはよく知っている。

「そうなるであろう」

「いかがでしょう。話に乗るかどうかは置いて、様子を見に行かせては。正森様のこともあります」

何か不始末を起こせば、藩に火の粉が飛んでくる。その危惧もあるようだ。本来ならば、国許の高岡で療養していなければならない人物である。

「船にはただで乗れても、旅籠《はたご》の費えはかかります。やるならば一人となりましょう」

吝《しわ》いところは、以前のままだ。

「まあ、それでよいでしょう」

佐名木も反対しなかった。あれよあれよという間に決まってしまった。

「誰をやるか」

「源之助でどうでしょうか。あやつは部屋住みゆえ、お役目はありませぬ。動きは取れまする」

「それがいい。見聞も広められるであろう」

佐名木の言葉に、正紀は賛同した。源之助に命じ、房太郎のところへ出向く旨を伝えさせた。

濱口屋へ問い合わせると、明日の船ならば関宿経由で、銚子へ行けることが分かった。

第二章　漁師の町

一

晴天だが、少し風があった。見上げる桜の枝で、若葉が小さく揺れている。その枝に雀が数羽止まって、囀っていた。

正紀は、源之助と房太郎を見送るために、深川伊勢崎町の仙台堀河岸へ植村と二人で行った。繰綿を積んだ四百石の荷船が、出航をしようとしていた。

「今日までは、干鰯と〆粕の値はほぼ動いていません。でも動き始めたら、おそらくするする上がります」

房太郎は旅姿だが、船着場へ来る前に干鰯と〆粕の値を確かめてきたらしかった。

「うむ」

「買うならば、その前です。金子の用意をお忘れなく」

正紀の返事を受けた房太郎は、当然の顔で言った。

「………」

金のことを考えると、頭が重くなる。

ただこれがうまくいけば、八月の参勤交代の費用は賄《まかな》える。年末になれば、滝川の拝領町屋敷からの金子が入り、来年分はそれで賄える。欲しいのは、次の出府の費用だった。

「では、行ってまいります」

やや緊張した顔で、源之助は言った。艫綱《ともづな》が外れると、荷船は水面《みなも》を滑り出して行った。船上から房太郎が手を振った。

このあたりは近隣の町に荷を運ぶ小舟が少なくない。それらの舟は、大きな荷船を避けた。

荷船を見送った後、正紀と植村は、深川界隈の干鰯と〆粕を商う店を廻ってみることにした。房太郎は今日の値を調べて来ていたが、自分の目で確かめてみたかった。

「房太郎が申していたままの値だな」

動いてはいない。

「今は下がってほしいですね」

植村が漏らした言葉が本音だった。

四軒目に、堀川町の波崎屋へ行った。ここでは何度も値を確かめている。

「おや」

〆粕の値は他と変わらないが、他のことが気になった。商家の番頭ふうの男が、店の様子を窺っている。蔦造だった。

正紀と植村には気が付かない。

店の奥には、主人と番頭らしい者がいて話をしている。その二人に目をやっていた。表情は険しい。

波崎屋の小僧が通りに水を撒きに出てきたからか、蔦造は立ち去っていった。

「恨みでもあるような目でしたね」

植村も気付いたらしかった。そこで木戸番小屋へ行って、波崎屋の主人が五郎兵衛《ごろべえ》、番頭が仁之助《にのすけ》という名だと確かめた。

「商売敵《しょうばいがたき》か」

共に、〆粕と魚油を商っている。

「まさか、正森様を襲わせたのは」

植村が声に出した。

「今、そこまで繋げるのは、無茶だろう」

「まあ、そうですね」

二人は笑ったが、蔦造の表情を見た限りではその可能性も捨てきれなかった。

こうなると、波崎屋が〆粕の値を調べるだけの存在ではなくなった。様子を探った。

波崎屋の間口は五間ある。界隈で一、二とはいかないが、それなりの規模の店だった。奉公人は、小僧に至るまで活気がある。

それから正紀と植村は、佐賀町の同業俵屋へ行った。

「ちと尋ねたい」

正紀が、店先にいた手代に声をかけた。おひねりにした小銭を、袂《たもと》に落とし込んだ。

さりげなく与力山野辺の話をしてから、波崎屋を話題にした。

「この数年で、扱い量を増やしてきました。〆粕だけでも、三千俵は扱っているんじゃないでしょうか」

他に干鰯や魚油も扱っている。商い先は江戸周辺で、荒川を使う内陸にも販路があるとか。

「仕入れ先は銚子か」

「そうです。飯沼《いいぬま》に出店《でだな》があって、倅《せがれ》の太郎兵衛《たろべえ》という方が主人をしています」

飯沼という場所が、銚子の中心地だと教えられた。

「なるほど」

俵屋よりも、商いの規模は大きそうだ。ついでなので訊いてみた。

「松岸屋を屋号にする、蔦造なる者を知っているか」

「ええ。お鴇さんと一緒にやっている方ですね」

手代は知っていた。

「商売敵か」

「まあ」

蔦造のところでは干物も売るが、中心となるのは〆粕と魚油で、〆粕は年に千俵ほどの商いではないかと言った。干鰯は扱っていない。

商いの規模としては、だいぶ小さい。奉公人を置かず、姉弟だけでやっているならばそんなものだと思われた。

「小浮森蔵という武家が、出入りしていると聞くが」

「さあ、そこまでは」

お鴇を引かせるために小浮を名乗ったが、正森が商いで表に出ている気配はなかった。だとすると、正森がどのような役割を担っているかは分からない。

「銚子で鰯が不漁だという話を聞いているか」

「いえ、そのようなことは」

逆に、そういう話があるのかと問われた。

次は町の木戸番小屋へ行った。店先から、甘いにおいが漂ってきている。植村の腹の虫が、ぐうと鳴った。蒸かし芋を売っていた。

「食べるか」

「はい」

植村は目を輝かせた。太いものを一本ずつ買って、頰張った。ほくほくしてうまい。食べながら、正紀は番人に問いかけた。

「波崎屋のご主人五郎兵衛さんは、町の旦那衆の一人として、ご尽力なさっています」

悪くは言わなかった。

「しかし商いについては、厳しいのではないか」

「そうかもしれません。そうでなければ、やっていられないでしょう」

他にも四軒で、波崎屋に関わる話を聞いた。

「強引なところもありますよ」

と告げた者もいたが、浪人者を使って人を襲わせるような人物だという見方をする者はいなかった。

蔦造の波崎屋へ向けられた目は、尋常なものではなかった。町の者や同業の者から聞いただけでは、何があったのか具体的なことは摑めなかった。

二

江戸を発った荷船は、小名木川、新川《しんかわ》を経て江戸川に入った。どうと流れる大河だ。帆を立てて川を遡《さかのぼ》って行く。

船端《ふなばた》にいるとときおり飛沫を被る。源之助は、興味深く次から次へと現れる河岸場の様子に目をやった。

「私は、江戸を離れるのは初めてです」

房太郎が言った。揺れがあるから船端にしがみついているが、あたりの景色に目を凝らしていた。

何もかも、珍しいのかもしれない。源之助も、江戸を出るのは正国のお国入り以来のことだった。水路の旅は、初めてだ。

「銚子の様子については、少しばかり調べました」

「ぜひ聞かせてもらいましょう」

源之助が銚子行きを命じられたのは、昨日のことだ。下調べをする間などなかった。

今後もいろいろ教えてもらうことがあると思うので、自然と源之助の物言いも丁寧になった。かつて高岡藩が、房太郎の助言で麦相場で儲けさせてもらったことを、父から聞いていた。

「外海に突き出した岬のような地形に銚子はあります」

白紙に自分で書いたらしい、簡易な地図を懐から出した。利根川と江戸川が記されている。江戸と関宿の地名もあった。

「江戸から銚子に至るには、三つの道があります。陸の道と川の道、それに海の道です」

川や海に道があってたまるものかと思うが、ともあれ話は聞くことにした。房太郎が風変わりな者だというのは、正紀や植村などから聞いている。

「陸の道は、日本橋から千住《せんじゅ》、市川《いちかわ》、船橋《ふなばし》、臼井《うすい》、佐倉《さくら》を経て佐原《さわら》から利根川沿いを進む佐原銚子道と呼ばれる街道です」

「その道は、成田《なりた》へ行く道ですね。参勤交代の折にも使いました」

「将軍家が江戸へお城を構えた頃にはできていました。多数の人が行き来したはずです」

「なるほど」

「川の道は、江戸川を上り関宿を経て利根川を下る水路です」

「高岡河岸は、その途中にあるわけですね」

房太郎の言う道という意味を理解した。

多数の船が、荷を積んで行き来している。濱口屋を始めとした船問屋が繁盛しているのはそのためだ。

「海の道は、東北諸藩の湊から船が出る外海の航路です。銚子から利根川に入らず、房総《ぼうそう》を回って江戸の海に入る道もあります。ですがそれは、黒潮という潮の道があって難所だと言われています」

「水運の要衝ですね。魚も獲れたことでしょう」

船が揺れると、房太郎の船端を握る手に力が入る。足を踏ん張る。けれども言葉は続けた。

「徳川様の御代になって、紀州《きしゅう》から旅網《たびあみ》の漁師たちが、外川《とかわ》や飯貝根《いがいね》という海辺に移り住んだそうです。当初は任せ網という漁法だったらしいのですが、八つ手網というものに変わって、鰯が労少なく獲れるようになったと書物にあります」

任せ網はたくさんの船と人を必要としたが、八つ手網は少ない船で獲ることができた。

獲れた鰯は、食用ではなく干鰯や〆粕の材料になったのだとか。鰯の他にも、鰹や鮪《まぐろ》、鯨などが獲れた。網元が網子《あご》を使って、漁をさせた。

利根川では、鱸《すずき》や鮭なども獲れた。

「川と海の魚に恵まれたわけですね」

「それだけではありませんよ。銚子は夏涼しく冬暖かく、寒暖の差が少ないのだそうです。湿気もそれなりにあって、醤油作りには適した土地なんだそうです」

醤油も、川の道で江戸へ運ばれる。

「ならば銚子には、人が集まるでしょうね」

「それはもう。何でも利根川沿いにある町では、関宿や取手《とりで》を凌ぐ賑わいだそうで」

「銭を稼げる町ですね」

「町の中心である飯沼には、領主である高崎《たかさき》藩が銚子役所を置いて郡奉行《こおりぶぎょう》が商人や漁師、醤油作りの職人たちを束ねています」

房太郎の話を聞いて、銚子の様子がだいぶ分かってきた。とはいえ、これは聞いただけの話だから、実際に見れば印象は変わるかもしれない。

「その郡奉行ですが、評判がよくありません」

「ほう」

「納場《のうば》帯刀《たてわき》という高崎藩の上士だそうです」

「よく、そこまで聞き込みましたね」

「ええ、まあ」

房太郎は、誇らしそうな顔になった。

銚子から来た男が、納場は傲慢で押しつけがましいという話をしていた。具体的なことは分からなかった。噂だけかもしれないと房太郎は付け足した。

「新しく何かをしようとするときには、賄賂《わいろ》がいるとか」

事実ならば、厄介な人物となる。

一夜が明けた。行く手に朝日に照らされた関宿城が見えてきた。河岸に納屋が並んでいる。

「あっちの山並みが、赤城山《あかぎ》ですぜ」

水手の一人が教えてくれた。向きを変えれば、筑波山《つくば》も見える。江戸川はここで利根川と交わる。

繰綿を運んできた船は、ここで荷の積み替えを行う。源之助と房太郎は、いったん降り、利根川を下ってきて銚子へ向かう濱口屋の別の荷船に乗り換える。

「大丈夫ですか」

船着場に降り立った房太郎は、足がふらついている。源之助は体を支えた。

「ええ。もちろんです」

慣れない船旅で、夜はよく眠れなかったのかもしれない。腫れた目をしていた。

銚子へ下る船は、まだ来ていない。

いくつも並んでいる船着場では、大小の荷船の荷の積み替えが行われていた。利根川を上る船に載せる荷、下りの船に載せる荷、そして渡良瀬《わたらせ》川や思川《おもいがわ》を上る船に載せ替える荷もある。

人足の掛け声が、あちらこちらから聞こえてくる。人足たちに握り飯や茶を商う振り売りの姿もあった。

源之助と房太郎も握り飯を買って頬張った。

「賑やかな町ですね」

広い通りには、商家が並んでいる。武家や町人だけでなく、百姓らしい姿も多く交じっていた。近郊の村から出てきた者たちらしい。

町を少しばかり歩いた。腫れた目をした房太郎だが、異郷の城下町を歩いてみたいらしかった。

一刻（二時間）ほどして船着場に戻ると、前に停まっていた荷船の姿がなくなり新たな荷船が停まって荷積みをしていた。大小の船がやって来ては去ってゆく。関宿は水上輸送の中継地だと、様子を見ていてよく分かった。

さらに半刻（一時間）ほどして、乗るべき濱口屋の船がやって来た。今度は二百石の荷船で、だいぶ小振りに感じた。

前もって集められていた人足たちによって、酒樽が積み込まれた。源之助と房太郎も乗り込んだ。

艫綱が外されて、荷船は水面を滑り出た。

「おおっ」

房太郎が船端にしがみついた。いきなりの激しい動きに、体がついていかないようだ。前の船よりも小型な分だけ、揺れが大きかった。衝撃が足から全身に伝わった。

「大丈夫ですか」

「ええ、これしきのこと」

と言ったが、しがみついた船端から手が離せない。直後に、船が大きく持ち上がってすとんと落ちた。

「ひえっ」

情けない悲鳴を漏らした。

利根川の流れは、江戸川よりも激しかった。しかも船が前の半分の二百石積みだから、揺れも大きい。下りだから勢いがつきやすいのかもしれなかった。

源之助にしてみれば、この程度は仕方がないと思うが、房太郎にはとんでもないことらしい。

流れが少し穏やかになって、ほっと息を吐いた。

その直後、船体がすとんと落ちた。

「わあっ」

船端に手を添えていた房太郎の体が飛んだ。荷の酒樽に叩きつけられた。

「しっかりしてくだされ」

傍に寄って源之助は、抱き起こした。ぺらっとした軽い体だった。

「ううっ」

すぐには声も出ない。そうこうするうちに、また船体がすとんと落ちた。房太郎は、源之助の体にしがみついた。

四半刻ほどそんなことを繰り返してから、どうにか立ち上がらせることができた。顔はすっかり青ざめていた。

流れは激しいところとそうでないところがある。穏やかだと思っていると、いきなり荒くなる。

小さな揺れは、絶えずあった。

「これくらいならば、それほどでもありませんよ。荒れていたら、こんなものではないですから」

水手が房太郎に目を向けて言った。ここまで駄目な人は珍しいと付け足した。同情というよりも、不思議な生き物を見る目だった。

口は達者で商いの知識と勘は優れているが、体力はからきしだった。船酔いは明らかだった。今にも嘔吐をしそうな気配だ。

「船の外で」

と水手に怒鳴られた。

船端から身を乗り出す房太郎の体を、源之助は慌てて押さえた。支えていないと、今にも川に投げ出されそうだった。

げえげえと何度も戻して、ついには何も出てこなくなった。

荷船は取手河岸に停まった。

「このまま、乗っていられますか」

源之助は尋ねた。何なら、ここから陸路でも仕方がないと考えた。

「へ、平気ですよ」

房太郎は答えた。平気そうには見えないが、船に乗ってゆくしかなかった。一部の荷を入れ替えて、船は再び川面《かわも》に出た。

川幅が、徐々に広がる。少しは流れも緩やかになった。

「あれが高岡河岸ですよ」

船頭がわざわざ来て、教えてくれた。四棟の納屋が並んでいる。船は停まらないが、源之助は初めて、国許を目にした。

他と変わらない川べりの鄙《ひな》びた土地だが、思い入れが違う。目に焼き付けた。

この日の夕方、二百石の荷船は銚子の船着場へ着いた。ここもいくつもの船着場が並んでいて、大きな納屋があった。漁船が並んでいる一角もうかがえた。その先は網《あみ》干場《ほしば》になっている。俵物《たわらもの》を下ろしている人足たちの姿があった。河岸場としては、取手よりも大きい。外海からの船も停まっているらしかった。海に近いからか、濃い潮のにおいがした。

「歩けますか」

船が停まったときには、房太郎は甲板にへたり込んでいた。荷下ろしの邪魔になるから、どかなくてはならない。

「大丈夫です」

とはいっても、体の均衡《きんこう》を保てない。源之助は、房太郎の体を抱えて船から降りた。

早々に、飯沼の町の旅籠に入った。路銀の節約を命じられているから、大部屋へ入った。商人や遠路の船で銚子へ来た船頭らしい者が泊まっていた。船乗りは日焼けしているからすぐに分かる。

房太郎はすぐに寝てしまったが、源之助は宿の食事をとった。部屋では、三人の商人が、食事をしながら酒を飲んでいた。

話しぶりから、江戸の者らしい。

「網元は、鰯を売り惜しんでいるようだ」

「不漁ですかね」

「さあ。値を上げたいだけかもしれないが」

「あんたは、どれくらい仕入れるつもりかね」

源之助は耳をそばだてた。しかし酒を注ぎ合うと、湊の女の話になった。飯沼にも、男が遊ぶ場所があるらしい。それには関心はなかった。

商人たちは仕入れに来たのか、鰯の獲れ高を調べに来たのか、互いに探り合っていたようにも感じた。皆が商売敵ならば、分かったことを洗いざらい話すとは思えない。

「相場は始まっている」

源之助は、気持ちが引き締まるのを感じた。

三

銚子での最初の朝となった。

「具合はどうですか」

「たっぷり寝たので、元に戻りました」

源之助が問いかけると、房太郎は薄っぺらい胸を張って答えた。食事も一緒にとった。飯のお代わりもしたので、ほっとした。すべて航行中に戻したので、空腹だったようだ。

「まずは飯沼の町を一回りしてから、湊の様子を見るとしましょう」

熟睡したからか、船酔いをする前の房太郎に戻っていた。ひ弱でも、回復力はあるらしい。

まず足を向けたのは、町の中心ともいっていい場所にある圓福寺《えんぷくじ》という寺だった。門前町があって、朝から参拝らしい人が出ている。土産物《みやげ》などの露店も並んでいた。

仁王門《におうもん》を潜ると鐘楼《しょうろう》があり、江戸にあってもおかしくないような豪壮な本堂が聳《そび》えていた。

「真言宗《しんごんしゅう》のお寺で、坂東《ばんどう》三十三観音《かんのん》霊場の二十七番札所となっています。このあたりの人たちの信仰を集めています。檀家には漁師が多いですから、海の安寧《あんねい》と豊漁を祈願する者が多いとされています」

飯沼観音とも呼ばれているそうな。

言われてみると、漁師らしい男たちやその家族といった人たちの姿が目についた。合掌する姿は、真剣だった。

「板子一枚下は地獄といわれる船上で漁をする人たちは、神仏に縋《すが》る気持ちは大きいと思われます」

読んだ書物か聞いた話の受け売りだろう。しかし聞いておく意味はあった。

「私たちもお祈りをしましょう」

「ええ、干鰯や〆粕が安く仕入れられるように」

房太郎は、あくまでも利を先に考えるようだ。

境内《けいだい》を出て、表通りを歩く。旅籠はもちろん、生活の用をなす品を商う店も多数並んでいた。もちろん魚や干鰯〆粕魚油問屋、醤油問屋も目に入った。

「おや、立派な武家屋敷があるぞ」

門は開いたままで、寄棒《よりぼう》を手にした門番が立っていた。見ていると、侍だけでなく町人も出入りをしている。

「あれは高崎藩の銚子役所ですよ」

通りかかった者に尋ねると、そう教えられた。そのとき門内から蹄《ひづめ》の音が聞こえた。門番が頭を下げた。

出てきたのは、馬に乗った三十代後半の身なりのいい侍と、供らしい二十代半ばの侍だった。馬上の侍は恰幅《かっぷく》がよく、背筋もぴんと伸びていた。眼光も鋭くて、周囲の者には目もやらない。

源之助には、傲岸《ごうがん》そうな人物に見えた。

供の侍は中肉中背《ちゅうにくちゅうぜい》だが、身ごなしに隙がない。いかにも勝気そうな、目尻の吊り上がった男だった。

「あのお二人は、どなたですか」

房太郎が近くの者に訊いた。

「馬上が郡奉行の納場帯刀様で、供が手付《てつけ》の内橋庄作《うちはししょうさく》様です」

源之助と房太郎が見つめる前を、二人は通り過ぎた。居合わせた者の中には、黙礼する者もあった。二人は、源之助の方へは一瞥《いちべつ》も寄こさなかった。

さらに少し歩くと、魚屋があった。湊町だけあって、新鮮な魚が並んでいる。鰯を探したが、見当たらなかった。

源之助は、店先にいた中年の女房に問いかけた。

「鰯がないようだが、それは不漁だからか」

「いえ、そうじゃありません。鰯は食べるよりも干鰯や〆粕に使われます。魚油にもなります」

「食べる魚ではないというわけか」

「もちろん、食べてもおいしいですよ。でもねえ……」

高級魚ではないと言いたいらしい。不漁という話は、まだ聞かないと答えた。

それから源之助と房太郎は、海岸沿いの漁師町へ向かった。

人気のない道に出ると、吹いてくる風が強く感じた。湿った海の風だった。砂埃《すなぼこり》が目に入る。源之助は目をこすった。

「銚子沖には、ときに驚くほどの突風が起こります。鹿島灘《かしまなだ》に出漁していた漁船が風《ふう》波《は》に翻弄《ほんろう》されて、多数の死者が出ました」

「海難事故は多そうですね」

「ええ。潮の流れも激しいから、漁師や荷運びの船は、沖合には出たがらないという話を聞きました」

「命は、誰もが惜しいですからな」

「その死者を埋葬したのが、千人塚《せんにんづか》です。たぶんあれだと思います」

高台になったところに、石の碑《ひ》らしいものが建っている。銚子湊は関八州《かんはっしゅう》一の水揚げ量だが、風や潮の流れによる海難事故が多いそうな。

「ならば利根川に入ると、ほっとするであろうな」

「いやそれが、どうもそうではないようです。利根川の河口は狭く、干潮時と満潮時の流れが急なため、船の出入りが難しいのです」

「なかなかに、たいへんだな」

「あの碑の南西に当たる海岸線にあるのが、飯貝根と呼ばれる漁師集落です」

房太郎が、馴染みのような顔で指さした。大きな手の込んだ建物もあるが、ほとんどは小さな漁師の家が並んでいた。漁に使う網が干されている。いかにも貧し気な、小屋のような家もある。

「集落の外れに、大きな納屋らしきものがある。筵《むしろ》の上に、何かを干しているぞ」

「ああ、あれが干鰯や〆粕を拵えている家ではないでしょうか」

飯貝根の船着場へ行った。近づくと、わずかに腐った魚のにおいがした。房太郎は顔を曇らせた。

においにも、弱いらしい。

「大丈夫ですか」

「もちろんです」

多少無理をしている顔で答えた。この程度のにおいでまいっていたら、干鰯や〆粕について、調べるどころではなくなる。

船着場には、何艘かの漁船が舫《もや》ってあった。もっと多いのだろうが、漁に出ているのに違いなかった。

早朝の漁から戻って来たらしい漁師の小舟があったので、二人は近づいた。舟の中を覗いた。

魚は獲れているが、鰯は見かけなかった。早速房太郎が問いかけた。

「鰯は、獲れませんでしたか」

「いや。今日はないが、獲れる日もあるさ」

日焼けで黒ずんだ、皺《しわ》の深い初老の漁師は、面白くもないといった顔で応じた。

「獲れない日の方が、多いわけですね」

「…………」

決めつけるように言う房太郎に、漁師は不快な思いを隠さない目を向けた。

「そういうことが、もうひと月くらい続いているのでしょうか」

房太郎は、問い質す口調で続けた。手には綴りと筆を持っている。

問いかけた内容は重要だが、口ぶりは相手に無礼だ。

「うるせえ。おめえには関わりのねえことだ」

漁師は大きな声を出した。しかし房太郎は怯《ひる》まない。

「あなたは、持ち船の漁師さんですね」

「そうだ。だからどうしたってんだ」

「持ち船の漁師さんの中には、獲れる人もいるのではないですか」

「おれが、下手くそだと言うのか。目障りだ、失せろ。失せねえと、櫂《かい》で頭を叩き割るぞ」

不漁のところに、よそ者から無礼な問いかけを受けた。本当に腹を立てていた。

「行きましょう」

源之助は、房太郎の腕を引いてその場から離れた。

離れた船着場へ行った。待っていると、ここでは漁師三人が乗った一回り以上大きな船が帰ってきた。

迎えに来たらしい女房に訊くと、網元甲子右衛門《きねえもん》の船だと分かった。漁師の三人は網子だ。

近寄って船を見ると、幾匹かの魚の中に鰯が数匹交じっていた。とても豊漁とは言えない。

「鰯が獲れていますね。前の小舟は、まったく獲れていませんでしたが」

房太郎が、頭を下げてから声をかけた。一番年嵩《としかさ》の漁師だ。前の反省があるからか、尋ね方がだいぶ下手《したて》になっている。

気をつければ、そういう融通も利くらしい。何しろ源之助は、房太郎と動きを共にするのは初めてだからはらはらすることが多かった。

「沖は荒海だから、小舟では遠くへ出られねえ。大きくなれば、獲れる場所は広くなる」

漁師は素直に答えてくれた。

「遠くまで行けるならば、確かにいいですね」

「うちの頭が、銚子役所へ銭を余分に出しているからな。許されている」

「冥加金ですね」

「そうだ」

冥加金とは、商工業者が海や川、山野を特別に利用して利益を得たり、営業の独占的な利益を得たりする場合に、その代償として幕府や藩に支払う租税をいった。特典などに関わりなく一定の金額を納付した運上金とは別に納めるものだ。

「豊漁だと、もっとすごいんでしょうね」

「もちろんだ。鰯で船がいっぱいになる」

「鰯は、どこかへ消えてしまったのでしょうか」

房太郎は、相手の機嫌を損ねない尋ね方に変えていた。

「魚の群れが、来なくなったってえことだろう」

「困りましたね」

「だけどよ、いきなり現れることもあるぜ」

「となると、毎日のように豊漁ですね」

「そうだ」

さらに待って、次に湊に着いた船でも問いかけた。沖まで行ける網元の大きな船はわずかばかり鰯が獲れている。小舟はまったく獲れていなかった。

「鰯の不漁は、噂だけではなさそうですね」

次は、村の外れにある納屋のような建物のあるところへ向かった。

「あれが、〆粕を作っているところですね」

「それにしても、きついにおいだ」

房太郎が顔を顰めた。近づくにつれて、さらににおいはきつくなる。江戸の干鰯〆粕魚油問屋で嗅いだにおいよりもはるかに濃く感じた。

〆粕や干鰯を拵える建物はいくつかあるが、そのうちの一つの前に立った。すると急に、房太郎が顔を歪めた。吐き気を催したらしい。

やはり体は、軟弱だった。

四

朝目覚めた正紀は、昨日江戸を出た源之助と房太郎のことを考えた。

「そろそろ、関宿だな」

と呟いた。水路を使っての高岡行きは何度もあるので、どこにいるか見当がつく。

それぞれの河岸場の様子が目に浮かんだ。

そして次に目に浮かんだのは、蔦造が深川堀川町の干鰯〆粕魚油問屋波崎屋に向けた眼差しだ。憎しみのこもった、尋常なものではなかった。正紀はついつい、正森襲撃と繋げて考えてしまう。

蔦造は、お鴇と共に銚子から仕入れる〆粕や魚油に関わる商いをしている。波崎屋は同業だ。

干鰯にしろ〆粕にしろ、材料となる鰯が不漁だという話を耳にしたと房太郎が言っていた。事実ならば値上がりによって、大きな利益が得られる。松岸屋は商売敵となるからか。

正森はこの商いに絡んでいるから、襲撃を受けたのか。

それだと、商人同士の金儲けの話となる。しかし正森が不正な事件に関わり、それが公になったら、高岡藩はただでは済まない。源之助には、この点についても、調べるように伝えておいた。

銚子でのことは源之助からの報告を待つばかりだが、江戸でもできる調べはすべきだ。そこで植村には、今日も波崎屋と蔦造の家へ様子を見に行かせることにした。

正紀は、朝の読経の折に和と顔を合わせた。和に、正森について問いかけをしようと考えた。

実の娘なのだから、他の者が知らないことでも話してもらえるかもしれない。浪人者に襲われたことについては、まだ伝えていなかった。

読経の後なので、京も傍にいた。

話を聞いた和は、さすがに動揺した。

「返り討ちにしたとは、あの方らしい」

とは言ったが、襲われたことには衝撃があったらしい。剣の遣い手でも、八十一歳となると無事に済んだのは幸いだと感じているのだろう。

「正森様のご気性は、どのようなものだったのでしょうか」

まずはそこから尋ねた。

「そうですね」

一度首を傾げてから続けた。話し渋る気配はなかった。

「あの方は、引くとなるとさらりと引きます。しかし得心がいかないとなると、梃子《てこ》でも動きません」

さらりと引いたのは、尾張が絡む家督の件を言っているると思われるが、梃子でも動かないとはどういう場面か。

さらに正紀は和に、鰯が不漁で〆粕の相場に動きがありそうなことを伝えた。そのために源之助を、銚子へ行かせた旨を付け足した。また浪人者による襲撃が、商いに関わるのではないかという疑念についても話した。

「場合によっては、再度の襲撃があるやもしれませぬ」

「まあ」

正紀の言葉に、和は小さな動揺を見せた。娘として、親を案じたのだろう。やや間を空けてから、口を開いた。

「正森さまは、わらわを慈《いつく》しんでくだされた」

男児がいたが早世して、正森の実子は娘だけになった。

「正国様との縁談には、反対をなさったのでしょうか」

言いにくいが訊いてみた。

「喜んではいなかった。しかしな、尾張に繋がれば、いずれは藩の内証も好転するのではないかと仰《おお》せになられた」

やはり金か、と思った。

「面倒なことは、尾張に任せるという気持ちであろうか」

口には出さないが、ならば身勝手ではないか。

「正森さまは享保の終わりに、大坂加番となられた。これからの御栄達を、藩の者は望んだ」

「それはそうでしょうね」

「お役目は、無事に果たされたそうな。しばらくは別のお役を得る機会に恵まれなんだが、正国どのを婿に迎えた後に、大坂定番のお役目に就くのではないかという話が出た」

これは正紀も荻野から聞いて知っている。実現すれば、藩の者たちが望んだ栄達の道を歩み始めることになる話だ。

「正森様はそのことについて、何かおっしゃいましたか」

「いや何も。後になって分かったことがある」

「何でございましょう」

「新しく大坂定番のお役に就いた方は、別の尾張に縁のある方でした」

「さようで」

和はそれを、浜松藩の者から聞いたという。正森がどう思ったかは分からない。尾張にいいように振り回されたと感じたかもしれない。

だとすれば、正森の尾張に対する気持ちは、歪んだものになったかもしれない。わずかだが、正森に対する見方が変わった。

「銚子に、何か覚えがございますか」

話題を変えた。こちらも、分かるならばはっきりさせておきたい。

「ある」

少しばかり躊躇うふうを見せたが頷いた。これまで一切口にしなかったのは、口止めでもされていたのだろうか。

「どのような」

「〆粕にまつわる商いであろう」

和が〆粕を知っているのには仰天した。

「正森様がお話をなさったのですね」

「うむ」

「しかし元手がいるかと存じます」

今は知らないが、初めはなかったはずだ。

「かの地で、商いをなす者を助けたらしい」

助けた相手がどのような者か、具体的には分からないとか。

「向こうに、女子《おなご》がいるやもしれぬ」

いや、女子は江戸にいますよと伝えようとしたが、わざわざ話すこともないと考え直した。仮に向こうにも女子がいるならば、八十一歳ながらきわめて達者だ。

要は、正森は江戸と銚子を行き来して商いに関わりつつ過ごしていることになる。

深川堀川町へ行った植村は、波崎屋の様子を眺めた。干鰯や〆粕の値は、昨日と比べて少しだけ上がっていた。

店の様子は、昨日までと変わらなかった。しばらく、様子を窺うことにした。

銚子の出店は、長子の太郎兵衛が商っていると聞いた。鰯の不漁が事実ならば銚子の出店から知らせがあるだろうと考えた。そろそろ値動きがあってもおかしくないと、出立《しゅったつ》前に房太郎は正紀に話したとか。

九つ（正午）近くまで見張って腹が空き始めた頃、番頭の仁之助が姿を見せた。

「おお」

声が出たのは、旅姿だったからだ。菅笠《すげがさ》を被り、長脇差を腰に差していた。

「行ってらっしゃいませ」

道で水を撒いていた小僧が声を上げた。

仁之助の姿が見えなくなったところで、植村は小僧に問いかけた。

「番頭は、仕入れに出かけたのか」

いきなり巨漢の侍に問いかけられてびっくりしたらしいが、「へえ」と応じた。

「ならば銚子だな」

植村は気さくな口ぶりにして言った。

「そう聞いています」

いよいよだ。

ここで考えたのは、正森の動きだ。正紀ならば知りたがるだろう。

南六間堀町へ行った。家に変わった様子はないが、通りにいた二軒先の女房に問いかけた。

「そういえば朝方、お侍が旅姿で出て行きましたよ」

「ご隠居だな」

「そうです」

正森に違いない。行き先は分からないが、正森も江戸を出たことになる。

五

「正森様の行き先は、銚子だな」

植村の話を聞いた正紀は呟いた。疑う余地はない。〆粕の値が、わずかだが上がった。正森にしても仁之助にしても、不漁はおそらく事実で、その報が入っての動きだと察せられた。

高岡藩が〆粕や干鰯相場に乗るか乗らないかは源之助の知らせによるが、今はその資金がない。

たとえ値下がりをしても、〆粕は灰になるわけではない。出した資金がすべてなくなるわけではなかった。不漁が確かならば、資金の目途《めど》さえつけば佐名木も井尻も反対はしないと思われた。

源之助の銚子行きを、受け入れたのである。

ただ頼りの濱口屋からは、金は出せないと念押しをされていた。懇意にしている行徳《ぎようとく》の塩問屋桜井屋《さくらいや》の隠居の長兵衛《ちようべえ》も、首を縦には振らないだろう。尾張や滝川には頼めない。いざとなれば助けになるかもしれないが、相場のための資金など貸すわけもなく、口にもできなかった。

「どこかないか」

実家の兄睦群も吝い。藩のことは、藩で始末しろとしか言わない。ただそこで、一人だけ頭に浮かんだ人物がいた。

生母の乃里《のり》である。父勝起が亡くなって今は剃髪《ていはつ》し、昇清院《しようせいいん》と名乗って角筈《つのはず》の今尾藩抱屋敷《かかえやしき》で暮らしている。

〆粕百俵分を借りられるとは思わないが、せめて十両か二十両を借りられるならばありがたかった。

たとえ相場で損をしても、真っ先に返すつもりだ。損はしないつもりだが、万一そうなったら、高岡河岸の藩が所有する納屋を桜井屋か濱口屋へ売ってもいい。どちらかの店ならば買うだろう。

連絡を入れると、翌日の目通りが許された。四谷《よつや》大通りを西へ進み、大木戸《おおきど》を越えてもさらに歩いた。旅の人馬が行き過ぎる。馬子《まご》が荷を載せた馬を引いて行った。

内藤新宿上町《ないとうしんじゅくかみちょう》を通り過ぎると、追分《おいわけ》から脇道へ入った。時の鐘を鳴らす天龍寺《てんりゅうじ》の前を通り過ぎた。高い鐘楼を見上げた。

天龍寺の門前町とは目と鼻の先に、今尾藩の抱屋敷があった。ここへは幼少の頃、何度かやって来たことがある。

「よく参ったな」

僧衣となった母は、正紀の訪問を歓迎してくれた。茶室へ招かれた。母は茶の湯が趣味だった。京も同じ趣味だから、尾張藩や今尾藩の奥向きの者の茶会などではよく顔を合わせていた。

まず濃茶が振る舞われた。

「孝姫の様子はいかがか」

「はい。達者にやっております」

近頃の様子について、話した。母は目を細めて話を聞いた。父が亡くなって、上屋敷から抱屋敷に移った。

会うのは数か月ぶりだが、ずいぶん老けたと感じた。

金の話をするのは気が引けた。躊躇っていると、向こうから口を開いた。

「今日は、何か用があって来たのではないか」

「そうではありますが」

「ならば申さねばなるまい」

思い切って、金の話をした。

「そなたは、困ったときにしか来ないな」

話を聞いた後に、母の口から出た言葉はこれだった。ため息をついている。

「はあ」

面目《めんぼく》ない気がしたが、どうにもならなかった。茶室はしんとして、微かな湯の音がするだけだった。抱屋敷は人も少なくて、茶室にいると他には誰もいないような気持ちになる。

寂しいだろうと感じる。

金は借りられないだろうなと思ったが、母は立って水屋へ行った。茶道具が入っているらしい、古い木箱を持ってきた。

「これを持ってまいれ。何がしかにはなるであろう」

「ははっ、ありがたく」

押し頂いて受け取った。

「健《すこ》やかに過ごせ」

帰り際に言われて、胸が痛んだ。

高岡藩上屋敷に戻った正紀は、受け取ってきた茶道具を京に見せた。そして母とのやり取りについて伝えた。

「拝見いたしましょう」

孝姫を乳母に預けてから、京は古い木箱の蓋を取った。織部《おりべ》の仕服《しふく》に入った肩衝茶《かたつきちゃ》入《いれ》だと分かった。箱書きには古瀬戸《こせと》春慶《しゅんけい》と記されている。

茶入を仕服から丁寧に取り出した。茄子《なす》型とは違う、堂々とした姿で、釉色《ゆうしょく》が濃いあめ色で、しっとりと落ち着いている。じっと見ていると吸い込まれそうな気品を感じた。

京はまず全身を、そして手に取って各部分を丁寧に検めた。

そして広げてあった古袱紗《こぶくさ》の上に置いた。

「昇清院様のご厚情に、感謝いたさねばなりますまい」

正紀に目を向けて告げた。

「いかほどになろうか」

母が自分に示した思いだ。大事にしてきた道具に違いない。それを金に換算するのは憚られたが、今は仕方がなかった。

「二十両よりも下で売ってはなりませぬ。それ以上で買わせねばなりませぬ」

京はきっぱりと言った。

「分かった。昇清院様の御心を、肝《きも》に銘《めい》じておこう」

正紀は答えた。それから、茶器を扱う商人を呼んだ。

翌日の朝、狸面《たぬきづら》の中年の商人が訪ねてきた。

「本日は、目の保養をさせていただきます」

揉み手をし、狡《ずる》そうな目をしてわざとらしいことを口にした。しかしこの商人は、茶道具商いとしては老舗の店の番頭だった。

正紀は早速木箱を差し出した。商人は恭《うやうや》しく手に取ると、丁寧に検めた。その大事に扱う様子は京と似ていた。

「見事な品でございますな」

感嘆の声を漏らした。しかしつけた値は十四両だった。向けてくる眼差しは、正紀の心の内を探っていた。

「その方の目は、節穴か」

商人ならば安めに言うだろうとは思ったが、あまりにも低い値なので腹が立った。

母の気持ちが、踏み躙《にじ》られたようだ。

「いや、畏《おそ》れ多いお言葉で」

「売るのではない。三月《みつき》の内に買い戻す。その間は、手放してはならぬ」

「十六両でいかがでございましょう」

正紀は返事をしない。母の顔と京の言葉が頭にあるから、これくらいで、という気持ちにはならなかった。

「帰るがよい」

「おいくらならば、よろしいので」

慌てた様子だ。向こうから尋ねてきた。欲しい品ではあるらしい。

「二十五両だ」

「それはちと」

慌てた顔になった。演技ではなさそうだ。

「では二十二両でどうか」

あまり高くても、利息をつけて返さなくてはならない金である。このあたりが適当かと察した。

「それでまいりましょう」

商人は頷いた。すっきりした顔だった。妥当な額なのかもしれない。

「三月以内に買い戻すゆえ、他へ売ってはならぬぞ」

「畏《かしこ》まりました」

引き取るときは、二十三両となる。これは仕方がなかった。

昇清院のお陰で、二十二両ができたが、目当ての三分の一ほどにしかならない。胸を撫で下ろす状態とは言えなかった。

「そうだ」

頭を捻《ひね》ってもう一人浮かんだが、それも老婆だった。房太郎の祖母おてつである。房太郎はすでに母を亡くし、父房右衛門《ふさえもん》とおてつの三人で暮らしていた。稼業は両替商だから、利息さえ払えば借りられるのではないかと考えた。

正紀は何度も訪ねているから、おてつとも顔見知りになっている。伝法《でんぽう》で口も悪いが、気さくな婆さんではあった。ただ吝い質なのは分かっていたから、手間取るかもしれない。

会って、まずは房太郎に源之助を同道させてもらった礼を告げた。

「いやいや、あれはひ弱だから、かえってご迷惑をかけているかもしれません」

逆に武家が一緒なのは助かると言った。房太郎も同道を受け入れたのは、一人での遠出に不安があったからかもしれなかった。

そこで正紀は、本題に入った。

「房太郎は、本気で干鰯や〆粕の値が上がると考えているのであろうな」

「鰯が不漁だと聞いて、最初は半信半疑だった。でもね、何だかにおうって。あいつの鼻は、銭と食べ物についてはなかなかのものですからね」

「そうであろうな。実は当家も、〆粕相場に関わりたいのだが、元手がない。金子の借用は、できぬだろうか」

「おや」

おてつは魂消《たまげ》たという顔で、正紀を見返した。そしてげらげらと声を上げて笑った。

「お貸しするお足があったら、〆粕を買う量を増やしますよ」

「…………」

なるほどと、納得してしまった。熊井屋なりに、できることは精いっぱいやっている。房太郎にとっては、ついでのことではない。

儲かるのなら、他人に儲けさせるのではなく、己が儲けるという話だ。おてつは続けた。

「そもそも高岡藩は、内証がたいへんだって聞いています。もし損をしたら、返せないんじゃあないですか」

あからさまなことを口にした。おてつは、正紀が大名家の世子であろうと気にしない。

「まあ」

返す言葉がなかった。房太郎も、金を貸す気がないと口にしていた。

「どうしてもお足が欲しいならば、ご本家へ行ったらいかがですか」

行けるくらいならば、ここへは来ない。〆粕百俵分の金子を用意するのは、叶わぬ夢だと悟った。

六

「しっかりしてください」

蹲《うずくま》ってしまった房太郎に、源之助は声をかけた。他人の家の門先《かどさき》で、嘔吐をさせるわけにはいかない。

体を抱えて、敷地の脇の路地に入った。海に向かう道だ。少しはにおいが薄らぐ場所だった。

房太郎は、げえげえ吐き始めた。源之助は房太郎の背中を撫でてやったが、なかなか治まらない。

「どうしましたか」

そこで背後から女の声がかかった。源之助が振り返ると、身なりのいい商家の女房ふうが立っていた。目鼻立ちの整った、品のいい顔だった。海の町の者だから、色白とはいえないが美しい。

歳は五十をやや過ぎた印象で、落ち着いた物腰だった。蹲っている房太郎を案じてくれていた。

「はい。ちと具合が悪くなりまして。しかしじきによくなりまする」

敷地からのにおいだとは言いにくいので、言葉を選んだ。しかし女は、すぐに察したらしかった。

「慣れない方は、このにおいにやられます」

ここでは、仕入れた鰯でメ粕と魚油を拵えているのだと言った。

「お薬を差し上げましょう。だいぶすっきりいたしますよ」

「いや、それは」

初めて会ったばかりの相手なので、遠慮をした。

「どうぞ」

と誘われた。女房は、〆粕と魚油を作る家のおかみらしかった。甘えるのは気が引けたが、いつまでもげえげえやられているのはたまらない。

敷地内に入るのは躊躇われたが、門の前に行った。女が建物の中に入るのを見送ってから、門柱にかけられた木看板に源之助は目をやった。

「松岸屋か」

どこかで聞いた屋号だと分かったが、すぐには思い出さなかった。

「ああ」

と気が付いた。南六間堀町の蔦造が名乗っていた屋号である。

さして間を置かず、奉公人らしい娘が、湯飲みと丸薬を持ってきてくれた。房太郎に飲ませた。

相当に苦いらしく顔を顰めさせたが、水で丸薬を流し込んだ。

「薬をくださった方は、どのような方であろう」

源之助は娘に尋ねた。

「千代《ちよ》さまといいます。旦那さんの叔母に当たる方です」

松岸屋の主人は作左衛門《さくざえもん》という者だと教えられた。

「千代殿は美しいな。五十歳くらいであろうか」

そう言うと、娘はぷっと笑みを浮かべた。

「お歳は申し上げられませんが、お若く見えます」

「ほう。まさか六十前後ではあるまい」

娘は否定をせず、笑顔を返した。その甥となると主人の作左衛門は、三十代後半あたりか。

「江戸に、同じ松岸屋の屋号で〆粕や干物を商う蔦造とお鴇なる者がいるが、存じておろうか」

それを聞いて、娘は「おや」という顔をした。どうして知っているのかという顔だ。

「私たちは、〆粕の仕入れをしたいと思って江戸から来ました。松岸屋さんの屋号は知っていました」

苦い薬を飲んで、少しは吐き気が治まったらしい房太郎が言った。どんな状況でも、商魂はなくさない。

「はい。うちの品を売っています」

なるほど、ここから仕入れていたのかと分かった。正紀から、正森についても調べて来いと命じられている。

「蔦造とお鴇は姉弟と聞くが、こちらとは縁戚に当たるのか」

「まあ、そうです」

微かに躊躇う様子を見せてから答えた。

ここで徐々に気分がよくなってきたらしい房太郎が、話に割り込んできた。

「近頃、鰯は不漁のようです。そうなると〆粕を作る量は、これからは減りそうですね」

「でもまだ、在庫はありますよ」

娘の言い方は、不漁を否定していないと感じた。湯飲みを返すと、娘は建物に戻った。

周辺には、他にも〆粕を作る家があった。源之助と房太郎は、違う〆粕作りの家の前に立った。

松岸屋よりもやや小さい規模だ。飲ませてもらった薬が効いたか、前ほど房太郎は辛くなさそうだった。

四半刻ばかり門の前にいて、出てきた初老の職人ふうの男に房太郎が声をかけた。

「もう仕事は、終わったのですか」

ここでも下手に出ていた。

「ああ、入荷が減っているからな」

「ここのところ、ずっとそうですか」

「そうだな。仕事が減ると、懐が寂しくなる。早く鰯の群れに帰ってきてほしいものだ」

「まったくですねえ」

そんな話をしているところへ、二十代半ばとおぼしい商家の若旦那ふうが門から出てきた。

「あの人は、仕入れの商人ですか」

房太郎は見逃さない。

「まあ、そんなところだろうよ」

「そういう人は、多いのですか」

「言われてみれば、近頃増えたねえ。土地の商人だけでなく、江戸からの者もいるようだ」

源之助と房太郎は、出て行った若旦那ふうをつけてみることにした。

若旦那ふうは飯貝根の集落を出て、飯沼の町に入った。立ち止まったのは、間口四間半（約八・一メートル）の干鰯〆粕魚油問屋の前だった。

敷居を跨ぐと、「おかえりなさいまし」という声が聞こえた。この店の者だ。

店の屋根に上がっている看板に目をやって、源之助は声を上げた。

「波崎屋ではないか」

深川堀川町にある店の出店である。隣の店の小僧に訊いて、今の若旦那ふうが、出店の主人太郎兵衛だと分かった。波崎屋五郎兵衛の長男である。

「まだ若いですけどね、なかなかのやり手みたいですよ」

斜め向かい側の、荒物屋の女房が言った。

それから飯沼の南側の海辺にある外川という地域にも行った。このあたりにも漁師の家が集まっている。船着場があって、漁船が停まっている。

「ここからだと、海に囲まれてるように見えますね」

「まったくだ」

房太郎の言葉に、源之助が応じた。こんなふうに、海を見ることはなかった。立っている場所は三方をぐるりと海に囲まれている。江戸の海ならば、晴れていれば房総の山々が彼方に見えた。ここではそういうものは一切見えない。

打ち寄せる波があり、海鳥が飛んでいて、彼方に空と海が接する線があるばかりだった。

水面が日差しを浴びて輝いていた。波の音が、繰り返し聞こえてくる。

ここでも、漁師やその家族らしい者に問いかけた。あからさまに言う者はいないが、鰯は獲れていない様子だった。

漁船の掃除をしていた中年の漁師に、房太郎は問いかけた。

「例えば明日、鰯が大量に獲れるということはありますか」

いきなり何を言い出すのかという顔をしたが、それでも答えた。

「それはねえだろう。獲れるときには、その前触れってえものがある」

「今は、ないわけですね」

「そうだな」

しめて十数人に問いかけをした。そして飯沼の旅籠に帰ることにした。その道すがら、房太郎は言った。

「腹が決まりました。私は〆粕を百俵以上、ここで仕入れることにします」

「そうですか」

その判断は、間違っていないと源之助は思った。

源之助はここまでを文にして、江戸の正紀に送った。

第三章　沖合漁場

一

源之助と房太郎は、もう一度飯沼の町へ出た。何軒かの干鰯〆粕魚油問屋が並んでいるあたりである。

波崎屋のような江戸や関宿からの出店の他に、利根川流域や北浦《きたうら》、霞《かすみ》ヶ浦《がうら》周辺の村々を顧客にする問屋だった。奉公人たちには活気がある。

房太郎は、波崎屋へ入った。松岸屋ほどではないが、腐った魚のにおいがきつい。

しかし房太郎は、腹を決めたらしかった。

気合を入れて、敷居を跨いだ。

相手をしたのは、帳場にいた太郎兵衛だった。

「私は、江戸から参った者です。〆粕を百俵お分けいただきたいのですが」

「なるほど、江戸からですか」

　さして嬉しいという顔はしなかった。ただ江戸からわざわざ〆粕を仕入れに来た、そのことには満足している気配を源之助は感じた。

　不遜なやつだなと思いながら、房太郎とのやり取りを見つめる。

「わざわざお越しいただいてたいへんありがたいのですが、それならば江戸に本店がありますので、そちらでお求めいただきたいと存じますが」

　と太郎兵衛は続けた。

「いや、こちらでいただきたいのですよ」

　房太郎は、話を進めようとしている。割安で買いたいからだが、太郎兵衛は江戸店に利益をもたらせたいと企んでいるようだ。

　それでもここでの売値を訊いた。

「でしたら、十貫で銀二十匁を頂戴いたします」

　いけしゃあしゃあと口にした。当然と言った顔だ。

「それでは、江戸で買うのと同じではないですか」

　房太郎は、驚きの声を上げた。源之助は眉を顰めた。

「ええ。ですから江戸でと、申し上げております」

一応下手に出ているが、江戸の問屋の利益分を安くするつもりはないと告げていた。完全に足元を見ている。背景には、鰯の不漁があるからだ。

江戸ならば、もっと高値なのだろうと想像がつく。

何を言っても、受け入れる相手とは思えなかった。そこで波崎屋はあきらめて、地廻り問屋へ行くことにした。

ここは三十歳前後の番頭が相手をした。房太郎が〆粕の仕入れをしたい旨を伝えると、相手は申し訳なさそうな顔をした。

「あいにくではございますが、初めてのお客様には、お分けしないことになっています」

と告げられた。太郎兵衛よりは物腰は柔らかいが、仕入れられないことには変わりがなかった。

「在庫に限りがありますもので」

三軒目でも、一見《いちげん》の客には卸さないと言われた。

「そこを何とか」

房太郎は、ここでは粘った。すると主人は、からかうような目になって言った。

「では、十貫を銀二十二匁でいかがでしょう」

江戸と変わらぬ値だった。これでは話にならない。四軒目でも、仕入れることはできなかった。

「口には出しませんが、不漁を頭に入れての強気ですね」

「うむ。値上がりが見えているから、今は無理をして売りたくないという腹でしょうな」

源之助は、商人の露骨なやり口を見せつけられた気がした。

「言い値で買っても、いずれは値上がりします。買ってもいいのですが、安く仕入れられる問屋があるのならば、そちらで買うのが商人です」

高岡藩でも話に加わるならば、少しでも安く買っておきたいところだ。正紀は今頃、江戸でそのための資金を集めているはずだった。

「問屋ではなく、〆粕や干鰯を拵えているところを、直に当たってみます」

房太郎は言った。

ならばまず頭に浮かぶのは、松岸屋だ。

「においは、大丈夫なのですか」

問屋でも充分ににおいはあった。房太郎は一瞬、怯む眼をしたが、すぐに頷いた。

「もちろんです」

気持ちを奮い立たせたらしかった。軟弱でも商魂はある。

「行く前に、少し様子を調べてからの方が、よいのではないですか」

「なるほど。もっともですね」

納得すれば、すぐに言われたとおりにする。そこは柔軟だ。房太郎は、酒屋で五合の酒徳利を買った。

それを腰にぶら下げて、飯貝根の漁師町へ行った。漁船はあったが、漁を終えて家に帰ったのか漁師らの姿は見当たらなかった。けれども船着場で、日焼けした老人が煙草を吸っていた。節くれ立った柏《かしわ》の葉のような手が、煙管《キセル》を握っていた。

房太郎が声をかけた。

「長く、漁をなさっていたのでしょうね」

「ああ、網元のところでな」

不機嫌ではなかった。甲子右衛門の船に乗っていたそうな。獲った鰯は、どうするのかと訊くと、松岸屋が買い取ると言った。

「ならば松岸屋さんのことは、よくご存じですね」

「そりゃあな」

ここまで聞いてから、酒好きかどうか尋ねた。好きだというので、茶碗を持たせ用意していた酒を注いでやった。

「飲みませんか」

「おお、済まねえな」

老人は顔をほころばせた。

「松岸屋さんは、どれくらいの鰯の〆粕を拵えるのですか」

「そうだな、年に千俵は下らねえだろう」

当然、搾って出た魚油も商っていることになる。

鰯を獲った網元や加工をする者、江戸の問屋の儲けの割合からすると、千俵を二万五千貫として、十貫が銀二十匁で計算すると、輸送費を含めるにしても、松岸屋へ落ちる金子は五百両ほどになる。

他には魚油を売っての利益もあり、値上がりすれば、さらに増収となるだろう。

「不漁でも、すでに仕入れた量があると聞きましたが」

薬をくれた娘が言っていた。

「うちの親方が卸しているからね、それなりにはあるだろう」

茶碗の酒を飲み干した。房太郎は、すぐに注いでやる。

「すると、買おうとしたら、手に入りますね」

「いや。あそこのは半分が江戸で、残りの半分は取手や関宿で売られる」

「卸先は、決まっているわけですね」

江戸は蔦造のところとなるようだ。

「ではもう、鰯はない」

「そうじゃあねえが」

爺さんは言い淀んだ。房太郎は、酒を勧めた。

「量は少ないとはいえ、親方のところにはある。親方と松岸屋との間は長いので、仕入れられるかもしれねえ」

「なるほど。その分は卸してもらえるわけですね」

「他に売り先が決まっていなけりゃあな」

どの程度の量があるのかは、老人には分からない。

「おかみさんは、お綺麗ですね」

「おお、そうよ」

千代の話をすると、老人は笑顔になった。歳を聞くと、五十九だというので驚いた。十歳くらいは若く見える。薬をくれた娘は、女中のおトヨだとか。年頃の娘は、他にはいないとか。

「千代さんは、商いにも関わっているのですか」

「甥の作左衛門さんもいるが、おかみさんが首を縦に振らないと商いは進まねえ。なかなか、しっかりしたお人だ」

実権を握っているようだ。薬をくれたときは優しかったが、商いとなると別人になるのかもしれない。

酒徳利は老人に与え、源之助と房太郎は再び松岸屋へ向かった。

ともあれ網元甲子右衛門から得られる鰯があるならば、百俵や二百俵は仕入れられるのではないかと考えた。どのような値をつけるかは、話し合ってからのことだ。

「先ほどは、たいへんお世話になりました」

という形で、千代を訪ねた。房太郎はまだにおいが辛いはずだが、それを面《おもて》には出さなかった。

房太郎は名乗り、〆粕を仕入れるために江戸からやって来たことを伝えた。源之助も、高岡藩士だとして名乗った。

「高岡藩ですか」

しばし顔を見つめてきたが、何かを言うわけではなかった。ただ微妙に、よそよそしさが薄らいだ気がした。

そして房太郎に顔を戻して、売ることはできないと告げた。

「今甲子右衛門さんのところにある鰯には、ちと厄介なことがあります」

「どのような」

「話がつかないことですので、言えません」

千代は、きっぱりと言った。解決がつけば、売れるかもしれないという含みがあるようにも感じた。ただ今は、何を言っても通らない気がした。

引き下がるしかなかった。

門の外に出てから、房太郎は呟いた。

「厄介なこととは、いったい何でしょう」

「その解決がつけば、仕入れられるかもしれませんね」

源之助が答えた。そこを探ってみようと話し合った。

二

翌朝、源之助と房太郎は、飯貝根の網元甲子右衛門の屋敷があるあたりへ行った。

潮騒《しおさい》の音が間近から聞こえる。飯沼の町よりも、潮のにおいが濃くなった。網干場の前を通ると、魚の腐ったにおいも微かにあった。

甲子右衛門の屋敷は、遠くからでも見える。重厚な建物で、そういう家は何軒かあるが、あとは小さな家がそれらを囲んでいる。

網干場の一角で、網の修理をしている漁師がいた。

節くれ立った指だが、器用に破損部分を繕《つくろ》ってゆく。歳は三十くらいで、眉間に黒子《ほくろ》があった。勝気そうな面立ちだ。

「近頃鰯は不漁とはいっても、網元さんのところには集まっているようですね。大したものです」

房太郎は、おだてる言い方をした。甲子右衛門の網子と踏んでの問いかけだ。

「まあ、沖まで出られるからな」

船も二十艘あまりあると付け足した。

「ならば今、鰯はどのくらいあるのでしょうか」

そこで房太郎は、用意してきたおひねりを差し出した。ここが肝心なところと考えてのことだ。

しかし漁師は、それで一気に険しい眼差しになった。舐められたと感じたのかもしれない。

「何だ、そりゃあ。そんなもので、漁に関わることを、べらべらとよそ者に話をするわけがない」

とやられた。

「相済みません」

頭を下げたが、もう相手にはしてもらえなかった。

仕方がないのでその漁師から離れたが、房太郎はしぶとい。あきらめずに、他の者に声掛けをした。

四人目に問いかけたのは、胡麻塩頭《ごましおあたま》の老いた漁師で、大きな鼻の穴が上を向いていた。おひねりを受け取ると、重さをはかった。そしておひねりは懐へ押し込んで、掌《てのひら》を差し出した。

「もっと」

と目が言っている。

「仕方がない」

房太郎は奮発して、あと二十文を出した。

「網元のところの鰯は、何艘もの船が沖まで行って獲ってきた。手間がかかっている。

危ねえ思いもしている」

「近場では不漁でも、そこまで行けば少しは獲れるわけですね」

「とはいっても、合わせても〆粕にしたら千貫ほどじゃねえか」

それが松岸屋で〆粕になれば、仕入れることができるかもしれない。

「しかし厄介なことがあると聞きましたが」

問題が分かれば片付けることができるかもしれない。

「まあな」

老いた漁師は、ここでまた掌を差し出した。このままでは引けないから、房太郎は懐から銭を出した。

「郡奉行が、ふざけたことを言ってきやがる」

苦々しい顔になった。郡奉行には、不満があるらしい。

銚子役所に詰める高崎藩の郡奉行は、飯沼の町だけでなく漁村も治めている。

「何ですか」

「漁に出るには冥加金がいる。特に沖で獲るには割増の銭を納めなくちゃあならねえ」

「冥加金は、誰が払っているのですか」

「沖へ出る船の持ち主だ」

荒潮の外海へは、小舟では行けない。大型船を持つ網元が払うことになるのだろう。

「その額を、上げようとしているわけですね」

話を聞いていれば、予想がついた。

「今までだって割高だったのに、さらに三割上げようとしていやがる」

「なるほど。こんな不漁のときにですね」

「そうだ」

話をしているうちに、怒りがこみ上げたのかもしれない。顔を真っ赤にしていた。

「銚子の沖合は波が荒い。おれたち漁師は、命懸けで魚を獲っている。役人は陸でのんびりしていて、銭だけ取ろうとしやがる」

傲岸に見えた納場帯刀の顔が源之助の頭に浮かんだ。

「それで網元さんは、受け入れたわけですか」

「嫌われたら、後が面倒になる。だから受け入れようという話もあるが、今は揉めている」

「ほう」

「その額を上げろという話は、高崎藩の国許からの達しではないのではないかと、こっちでは返した」

「なるほど。それで引いたのですか、郡奉行は」

甲子右衛門だけでなく、他の網元や加工業者の反対は根強かった。

「一応はな。けどよ、次の手を打ってきた」

「どのような」

「鰯の卸先を、決まった問屋にしろと脅してきた」

「袖の下を出した問屋ですね」

「まあ、そんなところだ」

「どこですか」

知っている口ぶりだ。

「そこまでは、銭を積まれても言えねえ。おれも命が惜しいからね」

老いた漁師はそっぽを向いた。

今まで甲子右衛門が卸していた相手は、松岸屋だ。相手は、その商売敵になるに違いない。

三

その日も正紀は、植村を伴って何軒かの干鰯〆粕魚油問屋を廻り、〆粕の値を検めた。日課のようになっている。

昨日はおおむね十貫で銀二十一匁だったが、今日は銀二十三匁になっていた。銀二十四匁をつけている店もあった。

「いよいよ上がってきましたね」

「うむ」

源之助らが江戸を出た四日前は、銀二十匁だったから明らかな値上がりといってい い。それも急だ。

「明日には、もっと上がっているかもしれませんね」

植村の意見に、正紀は頷いた。

できれば早々に百俵を買いたいと思うが、昇清院からの茶入で手に入れた二十二両があるだけである。

手を尽くしたが、他からは借りられなかった。

屋敷に戻ると、正紀のもとへ銚子の源之助から文が届いていた。すぐに封を切った。銚子の様子と、不漁は間違いないこと、それに江戸の問屋からも人が来ていることを伝えていた。

文は佐名木や井尻にも読ませた。

「今日の値上がりは、不漁が伝わってのものだな」

正紀の言葉に、二人は頷いた。正紀は、ではどうするかを問いかけている。

「金子は少ないですが、あきらめるには惜しゅうございます」

普段は石橋を叩いても渡らない井尻だが、房太郎の相場についての判断は買っている。また八月の参勤交代が、今のままではどうにもならないことを踏まえた上での言葉だと分かる。

「では、二十二両分だけでも買うか」

正紀の気持ちは動いている。佐名木も井尻も頷いた。

「では、早速銚子へ金子を送り、買わせましょう」

井尻が腰を浮かしかけた。

「いやそれでは、日にちがかかる。場合によっては、さらに値上がりしているのではないか」

上がるときは一気に上がる。麦や銭のときもそうだった。佐名木の言葉は、もっともだと思われた。

「今日の内に、江戸で買おう」

正紀の判断に、佐名木と井尻は応じた。

二十二両を懐に、正紀は植村を供にして屋敷を出た。

「どこへ行くか」

まず足を向けたのは、深川堀川町の波崎屋だった。

「これは」

植村が仰天の声を上げた。〆粕は、十貫で銀二十五匁をつけていた。半日で値を上げている。

「二十二両では、およそ五百三十貫しか買えぬぞ」

意気込んで来たが、出鼻をくじかれた気持ちになった。

慌てて他の店を当たった。すると銀二十四匁というのがあった。迷わず敷居を跨いだ。

「〆粕が欲しい」

現れた番頭に、正紀が告げた。すると番頭は、頭を下げた。

「つい今しがた、売り切れました」

　とやられた。

　次の店へ行くと、昼前は値を記した張り紙が出ていたが、見えなくなっていた。

「品切れになりまして」

　問いかけると告げられた。ただ店先から、〆粕の俵が消えているのは確かだった。

「隠したんですよ」

　店を出たところで、植村が憤《いきどお》りを込めて言った。

「売り惜しみをしたのであろう。さらに値上がりが見込めるからな」

　他の店でも、おおむね銀二十五匁をつけていて、銀二十六匁というところさえあった。

「どうするか」

　迷った。そこで正紀は、店の看板を出していないお鴇と蔦造のところへ行ってみようかと考えた。

「御免」

　南六間堀町のお鴇の家の戸を叩いた。出てきた若い娘に、正紀は身分と名を告げた。

　正森が出入りしている家だから、自分を知らないわけはないと正紀は考えた。

「これはこれは、ようこそ」

現れたのは蔦造だった。頭は下げたが、いきなりの訪問をいぶかる気配もあった。名を名乗ったとはいえ、何を言ってくるのかと警戒をしたのかもしれない。表情は硬い。ただ嫌がっているようではなかった。

「〆粕を買いたいが、いくらで売るか」

直截《ちょくせつ》に、値段を聞いた。

「畏れ入ります。まことに残念ではございますが、今は品薄でして、ご用意ができません」

他の店と同じような返答だった。

正森の名を出そうかとも思ったが、こちらはすでに名乗っている。それでも「ない」と言うならば、仕方がないと判断した。

「あい分かった。手間を取らせた」

家を出ようとすると、奥の部屋から声がかかった。

「お待ちくださいまし」

女の声だ。現れたのはお鴇だった。

「いかほどご入用なので」

「二十二両分だ」

お鴇は、やや考えるふうを見せてから口を開いた。

「ならば、六百貫（二十四俵）でいかがでしょうか」

蔦造は「いいのか」という目をお鴇に向けたが、何かを言うわけではなかった。

「うむ」

正紀は頭の中で計算をした。十貫で、銀二十二匁になる。今となっては、割安な値といっていい。小さな驚きがあった。

波崎屋のような値ではないにしても、二十三、四匁でもいいと感じた。

「かたじけない」

値上がりを待って、すでに売り惜しみが起こっている。

「高岡藩も、いろいろとたいへんかと存じます」

そう返されて、「おや」と思った。

お鴇は、高岡藩の内証が苦しいことを知っている様子だ。親戚筋や関わりのある商家ならばともかく、市井《しせい》の者ならば考えもしないはずだった。

「そうか、正森様から聞いたのか」

と気が付いて納得した。蔦造は売り惜しんだが、お鴇は昨日の値でよしとしていた。

力になろうという気持ちを、持ったことになる。

「なぜか」

胸の内で呟いた。高岡藩はお鴇には関わりのない存在だ。とはいえお鴇は、正森から高岡藩について、話は聞いていたと推察できる。

「なるほど。正森様はお鴇に、高岡藩のことを悪くは言っていなかったのか」

それならば、得心がゆく。

高岡藩の政について、隠居をしてからは何一つ口にしなかったと聞いている。それを藩への思いがないと批判する者もいたが、まったく気にかけなかったのではないと知った。

しかもお鴇は、自らの利を横に置いて力を貸そうとしている。

いったい正森とお鴇の間には、どのような繋がりがあるのか。

「六百貫は、お持ちになるのでしょうか」

望むなら、今ある納屋にそのまま置いてもいいと付け足した。

「そうしてもらえると助かる」

〆粕のにおいは、なかなか強烈だ。覚悟はしていたが、藩邸に置かなくて済むのは幸いだった。

金子を支払い、受取証と現物の預かり証を手に入れた。

正森は返り討ちにしたとはいえ、命を狙われた。お鴇に不安がないはずはないが、口にはしなかった。正紀も何も言わなかった。

正森が望まないことだと思ったからだ。

四

網元甲子右衛門と郡奉行納場帯刀の間には、解決のつかない悶着《もんちゃく》が尾を引いていることは分かった。その解決がつけば、〆粕は仕入れられるかもしれないが、いつのことになるかは分からなかった。

「待っていたら、とんでもない高値になっているでしょうね」

「まったくだ」

房太郎の言葉に、源之助は頷いた。

そこでまだ当たっていない、〆粕を作る家を廻ることにした。

「においは、大丈夫ですか」

「はい。松岸屋では、覚悟ができていませんでした」

眦《まなじり》を決した顔になって言った。源之助にとっても、きついにおいではあるが、嘔吐するほどではない。房太郎は膂力や体力だけでなく、においにも弱い。それを旺盛《おうせい》な金銭への欲で、乗り越えようとしている。

事をなそうとする執念は、自分よりもはるかに強いと源之助は感じた。

松岸屋に近い〆粕を拵える家へ行った。声をかけたのは房太郎だ。出てきた中年の番頭ふうに、仕入れをしたいと告げた。

「今は、拵えていないよ」

あっさりした口調だった。それで奥へ行ってしまおうとするところを、房太郎は追い縋った。

「在庫はないのでしょうか」

「それは、お馴染みさんに売る分でね」

まともに相手にされなかった。次も、同じような対応をされた。

飯貝根だけでなく外川へも足を延ばしたが、まったく手に入れられなかった。一日を無駄にした。

ただ、郡奉行の納場帯刀が、波崎屋に何かと肩入れしているとの噂を耳にした。

翌朝になって、房太郎が忌々《いまいま》し気に口にする。

「網元のところにある鰯を、松岸屋へ卸せばいいんです。それなのに横車を押して」

大もとの問題に決着をつけようという気持ちに動いたようだ。

多少手間がかかるにしても、その方が確かな仕入れができそうだと判断したのだろう。

仕入れられなければ引き上げる、という結論にはなっていない。決めたら迷いなく進む質なのだろう。

「波崎屋が、郡奉行と組んでいるのは間違いありません」

「ええ。波崎屋へ卸せと告げるのは、それ以外に考えられませんね」

房太郎の言葉に、源之助は返した。

「しかし口で告げるだけで、文書に残しているわけではありません。分が悪くなったら、そんなことは言っていないと、白を切るつもりでしょう。阿漕《あこぎ》なやつです」

言った言わないの話になれば、網元の方が立場は弱い。だから話をした漁師も、千代も言葉を濁したのだ。

「ただ網元は、まだ返事をしていないのでしたね」

「ええ、千代さんはそう言っていました」

「納場と波崎屋との関わりについて、もう少し調べてみましょう。何か出てくるかもしれません」

「そうですね。きっと、どす黒い糸で繋がってますよ」

房太郎は、目を輝かせた。

とはいっても、銚子役所や波崎屋の店を見張っているだけでは埒《らち》が明かない。探りどころを考えた。

「納場帯刀と波崎屋太郎兵衛は、必ずどこかで会って、打ち合わせをしているはずです」

源之助は思いついたことを口にした。

「そうですね。店へ行ったり役所を訪ねたりといった、あからさまなことはしていないでしょう」

「料理屋あたりではないでしょうか」

そこで源之助と房太郎は、旅籠の初老の番頭に主だった料理屋について訊いてみた。

「銚子は、醤油や魚で財を成した人が、大勢います。人の出入りも絶え間なくあります。商いの町でもありますから、饗応《きょうおう》のための店はたくさんあります」

利根川の対岸、北河岸にも町や料理屋はあると言った。一軒ずつ当たるのは、手間がかかりそうだった。

そこで波崎屋へ行った。房太郎が、通りで水を撒いていた小僧に小銭を握らせて問いかけた。

「旦那さんがよく使う料理屋さんはどこかね」

「さあ」

困った顔をした。銭を返そうとするのを、押し返した。また何か別の機会に、訊くことがあるかもしれない。

次に出てきた小僧は、魚油の樽をどこかへ運ぼうとしていた。店から離れたところで問いかけた。

「いいや、あたりではないでしょうか」

他にも二つ名を挙げた。まずは、いそやへ足を向けた。

利根川の河口を一望できる、景色のいい場所だ。建物も瀟洒な造りに見えた。

「高そうな店ですね」

房太郎は、値段も気になったらしい。

入口へ行って声をかけ、出てきた者に尋ねるわけにはいかないので、敷地の裏手に回った。木戸口で、誰かが出てくるのを待った。四半刻ほど待って出てきたのは、三十歳前後の仲居らしい女だった。

房太郎が銭を握らせて問いかけた。外見がいかにも頼りなさそうだから、乱暴者には見えない。女は銭を受け取った。

「波崎屋さんの旦那さんならば、月に何度かお見えになります」

「では、郡奉行の納場様とご一緒のことは」

「あります」

源之助と房太郎は、顔を見合わせた。腹の底が、熱くなった。

「いつのことですか」

「新年会で、町の旦那衆と一緒でした」

鰯の不漁が明らかになる前だ。その宴席には、手付の内橋庄作や多数の旦那衆がいたとか。

「そうか」

力が抜けた。不漁が明らかになったのは、この一、二か月だ。その間に、太郎兵衛と納場が少数で会見をした形跡はなかった。

さらに、聞いていた太郎兵衛が使う料理屋へ行ってみた。この一、二か月でも顔は出していたが、納場や内橋が相手ではなかった。

「考えてみたら、目につくようなところで密談なんてするわけがないですね」

がっくりして、船着場に近い土手に立った。潮の香の川風が、吹き抜けた。このとき、利根川を下って来た二百石船が、船着場に着岸した。

板が渡されると、菅笠を被った旅の商人ふうが真っ先に降りてきた。

気合のこもった目で、あたりに目をやっている。ここで一儲けしてやるぞといった顔だ。そこへ小僧が駆け寄った。

「あれは」

小僧の顔に見覚えがあった。波崎屋の小僧だと思い出した。頭を下げると、旅の商人を案内するように歩き始めた。

「波崎屋に関わる者ですね」

「ならば捨て置けません」

源之助と房太郎は、二人の後をつけた。行った先は、予想通り波崎屋だった。

「仁之助様を、ご案内しました」

小僧が、奥に告げた。その名を聞いて、房太郎ははっとした顔になった。

「江戸の波崎屋の番頭の名です。やり手だと、評判は耳にしています」

「するとこれから、何かがありそうだな」

わざわざ江戸から、やって来たのである。

「しばらく様子を見よう」

ということで、源之助と房太郎は店を見張った。

すぐに動きはない。しかし見張っていることが無駄だとは思わなかった。夕方近くになって、案の定太郎兵衛と仁之助が通りへ出てきた。仁之助は旅装を解いている。

表通りを、利根川の方へ歩いて行く。源之助と房太郎がつけると、船着場へ出た。遠路の荷船を寄せる、大きな船着場ではない。

小舟が待っていて、二人はそれに乗り込んだ。対岸へ向かってゆく。

源之助と房太郎は、慌てて舟を探した。青物を積んだ百姓の舟があったので、銭を渡して対岸まで運んでもらうように頼んだ。

百姓は、仕方がないといった顔で乗せてくれた。

対岸にも、船着場があって町もあった。ただ南側と比べると、人の数も少なく鄙びた印象があった。

百姓ふうに訊くと、波崎という河岸場だと教えられた。

「波崎屋の初代主人は、ここの出なのかもしれませんね」

房太郎が言った。

太郎兵衛と仁之助をつけて行く。二人が入ったのは、川べりの料理屋らしい建物だった。離れがあって、そこへは水路も引かれている。舟から直接出入りができそうだ。

通りかかった若い女房に、房太郎は尋ねた。

「あれは、はま嶋《しま》という料理屋です」

腕のいい板前がいるのだそうな。太郎兵衛が使う店として、名は挙がっていなかった。

「誰と会うのか」

何としても確かめたかった。近くにある河岸の物置小屋の裏へ回った。

日が西空に沈んでゆく。あたりは薄闇に覆われた。

見ている間に、二丁の辻駕籠《つじかご》がやって来た。そのまま門内に入ったので、顔は確かめようがなかった。離れに、水路を使って小舟が入った。人が乗っていたが、すでに日は落ちた後だった。

「これじゃあ誰なのか、見当もつきませんね」

房太郎が、苛立《いらだ》った声を漏らした。

五

「このままでは、どうにもならぬな」

源之助は、じっとしていられない気持ちになった。太郎兵衛と仁之助がはま嶋へ入って、すでに四半刻近くが経っていた。

「せっかくの好機を、逃します」

「そうだな。忍び込むとするか」

房太郎の一言で、源之助は腹を決めた。空には月があるが、こちらの姿は闇が隠してくれるだろう。

二人は、はま嶋へ近づいた。と、そのときである。建物の裏手から、いきなり黒い塊が飛び出してきた。

人影だと気付くのに、一呼吸するくらいの間が必要だった。

微かに月明かりが当たっている。尻端折《しりはしょ》りをした男だと察せられた。

そしてもう一つ、裏手から黒いものが飛び出してきた。これも人だ。源之助は目を凝らした。

こちらはどうやら侍らしい。腰に細長いものを差し込んでいる。刀だと気付いたところで、それが抜かれた。

月が、刀身を照らした。侍は尻端折りした男に一気に斬りかかった。躊躇う様子はなかった。

「わあっ」

尻端折りの男は、悲鳴を上げて倒れた。

「おのれっ」

事情は分からないが、捨て置くことはできない。侍が、素手の町人に襲いかかったのである。

源之助は駆け寄った。同時に刀を抜いている。

侍は、倒れた男に近づいた。止《とど》めを刺そうとしていた。

駆けつけた源之助は、その刀身を弾き上げた。近くまで来て、侍は口に手拭いを巻いているのが分かった。ただ、吊り上がった目尻には、なんとなく見覚えがあった。

「うぬっ」

侍は、刀身を源之助に向けた。邪魔されたことに腹を立てたようだ。

向かい合った瞬間には、相手は刀身を突き出してきた。心の臓を狙う、確かな一撃だった。

源之助は斜め前に出ながら、この刀身を払った。動きを少しでも躊躇ったら、突き刺されていたところだ。

「とう」

間を置かず、次の刀身が飛んできた。これもどうにか弾き返したが、攻めには転じられなかった。

振り上げられた敵の刀身は、動きを止めない。角度を変えて、今度は肩先を狙ってきた。

源之助は横に跳びながら、これを撥ね上げた。寸刻遅ければ、ざっくりやられていた。

そこでさらに後ろへ身を引いた。体勢を整えなければ、防御だけで終わってしまう。身構えた。そのときには相手は刀身を再び振り上げていた。

「人殺しっ」

房太郎が甲高《かんだか》い声で叫んだ。闇夜に響く声だった。それを二度、三度と繰り返した。

相手は、声の方に目をやった。房太郎は賊の手が届かない場所まで逃げてから、声を上げていた。

「くそっ」

侍は刀を引いた。そのまま体を返すと、闇の中に駆け込んだ。

源之助は追いかけたが、相手には地の利があるらしかった。瞬く間に、姿が見えなくなった。

「ううっ」

倒れた男が、呻《うめ》き声を上げている。

「しっかりしろ」

駆け寄った。濃い血のにおいが、鼻を衝いてきた。しかし生きている。

「ふ、舟が」

震える指で、闇をさした。料理屋の離れへ行く引き堀のあたりだった。目を凝らすと、小舟が舫ってあった。

おそらく斬られた男は、その舟でここへ来たものと思われた。

「よし。あれで、ここから離れよう」

傷が深いのは間違いない。すぐに手当てをしなければ、命は危ういだろう。

房太郎が駆け寄ってきた。二人で男を舟に乗せた。源之助が艪を握った。

引き堀から、利根川に出た。対岸の町明かりが揺れている。

男はすでに意識を失っていた。源之助はどこへ運ぶか迷った。斬った相手が、郡奉行納場の配下ならば、下手なところへは運べない。

「千代さんのところでどうでしょう」

「それしかあるまいな」

房太郎の言葉に、源之助は頷いた。船首を町ではなく飯貝根へ向けた。房太郎が、懐中用の提灯《ちょうちん》に明かりを灯した。

斬られた男の顔を検めた。

「この顔は、見たことがありますよ」

「えっ」

「昨日、飯貝根の網干場で、話を聞いた漁師の一人です」

照らされた顔に目をやると、眉間に黒子のある顔が見えた。尋ねようとして、銭を突き返した男だ。

「ならば、網元甲子右衛門の網子だな」

甲子右衛門の家へ運ぶべきだと思ったが、船着場の場所が分からない。松岸屋の方が分かりやすかった。松岸屋へ向かった。

船着場に着くと房太郎が飛び降り、建物へ声掛けに走った。

待つほどもなく、戸板を持った男たちが現れ、漁師を乗せて松岸屋の家の中に運んだ。

「急げ」

意識はないままだ。医者が呼ばれた。

源之助と房太郎は、怪我人とは別の一室に入れられた。すぐに千代と作左衛門が姿を見せた。

「斬られたのは、網元甲子右衛門さんの網子で末吉《すえきち》さんという方です」

千代が二人に男の名を告げた。

それから源之助が、波崎屋を探っていて対岸の料理屋の前まで行ったこと、そこへ追われた男がはま嶋の裏手から逃げて来て、追ってきた侍に斬られた顚末を話した。

「なぜ、波崎屋を調べていたのですか」

ここまで末吉を運んだ礼を口にしてから、千代は問いかけてきた。

「私たちは江戸で鰯の不漁の噂を聞き、〆粕を仕入れたいと考えここまでやって来ました」

ここは房太郎が話した。しかしどこへ行っても、仕入れることはできない。ただ千代からは、甲子右衛門のところには鰯があると教えられた。すぐに卸せないのは、波崎屋と絡む郡奉行がいるからだと知った。ならばその原因は波崎屋にあると判断した。

「それで店を見張っていたら、太郎兵衛と仁之助が出てきたわけです」

「どこかで郡奉行と会うのではないかと、推察されたわけですね」

「そうです」

刀を抜いて戦い、重傷の末吉をここまで運んできた。千代の物言いは好意的だった。

作左衛門も同様だ。

「それにしても末吉は、なぜはま嶋へ行ったのでしょうか」

「さて、それは」

分からないらしい。

そこへ、手当てを済ませた医者が姿を見せた。険しい表情だった。

「ばっさりやられています。何針も縫った。できる手当てはしたが、命の保証はできませぬな」

と告げられた。意識はないままだそうな。

一同は、頷くしかなかった。

「あとは、当人の生きる力がどこまであるかだけであろう」

言い残した医者は、引き上げていった。

六

〆粕十貫を銀二十二匁で六百貫買った翌日、正紀は植村を伴って町へ出た。〆粕の値を検めた。品切れとする店も多かったが、売っている店もあった。

「ああ、今日も値上がりをしていますね」

植村が声を上げげた。十貫で、おおむね銀二十七匁になっていた。佐賀町の俵屋の手代に声をかけた。

「今日も値が上がっているな」

「急に、お求めの方が増えました」

「鰯の不漁か」

「そうかもしれません」

見ている間に、番頭が値をつけた張り紙を剝《は》がしてしまった。

「在庫は、まだあるのではないか」

「いえいえ、そのようなことは」

手代は笑ってごまかし、店の中に入ってしまった。

「いよいよ、鰯の不漁が江戸に伝わってきましたね」

一昨日《おととい》まで、店頭に俵が積まれていた。それが姿を消している。短い間にすべて売れたのかどうかは分からない。店の奥には納屋があった。

屋敷へ帰った正紀は、佐名木と井尻にその状況を伝えた。

「このまま、しばらくは上がり続けますよ」

井尻は相好《そうごう》を崩して続けた。

「源之助様には、昨日、お戻りいただくよう文を出しておきました」

すでに手に入れられる分は買った。泊まりが増えれば、旅籠代がかかる。それを案じてのことだ。

正紀は〆粕値上がりのことを、京にも伝えた。すると喜ぶのではなく、顔を曇らせた。

「鰯の不漁は事実として、銚子ではそれなりの悶着や争いが起きているのではないでしょうか」

銀一匁値上がりするだけで、〆粕商い全体で考えれば、大金が動くことになる。もともと値動きの激しい品だった。

「そうかもしれぬ」

「正森さまは、江戸でお命を狙われました。源之助と房太郎は、何事もなく過ごしているのでしょうか」

正森が浪人者に襲われたのは、江戸での出来事が原因だとは考えにくい。銚子であった出来事が原因だとすれば、刺客を送ってきた悪党が、何もしないとは考えられない。

京はそれを案じていた。

孝姫が、何か聞き取りにくい声を発しながらしがみついてきた。抱けと迫っている。正紀は孝姫を抱きながら、今も銚子で何か起こっているのではないかと気持ちが揺れた。

末吉を診た医者が引き上げたのと入れ違いに、日焼けした恰幅のいい中年の男が現れた。千代が、網元の甲子右衛門だと紹介した。鷲鼻《わしばな》で頬骨の出た顔は、日焼けで赤黒い。きっとこの界隈では強面《こわもて》で鳴らす人物なのだろう。

「末吉が世話になりました」

甲子右衛門は頭を下げた。襲われた折の事情を伝えると、大きく頷いてから口を開いた。

「末吉は郡奉行の納場や配下の内橋と波崎屋がする、強引なやり口に腹を立てていました」

「………」

「ですから納場や内橋の動きを探っていたのです」

「なるほど。それで納場か内橋、あるいは両方をつけて、はま嶋まで行ったわけですね」

「そうに違いありません」

「外にいては埒が明かないので、忍び込んだのであろう。そこで気付かれたのだな」

「そうだと思われます」

甲子右衛門は答えた。一人で行かせるのではなかったと、後悔の言葉を漏らした。

そこで源之助は、ここに至った事情を問いかけた。郡奉行と網元の間にどのようなやり取りがあったのか、聞いておかなくてはならない。

「そうですね、お話しいたしましょう」

千代は、今度は素直に頷いた。

鰯は不漁で、浜に近いところでは獲れなくなった。そこで甲子右衛門は、大きな船で沖まで出て獲っていた。それでも充分ではなかったが、一か月近くで千俵（二万五千貫）ほどは集められた。

「これを市場に流せば、多少の値上がりは防げると考えました」

しかしこれに、待ったをかける者がいた。二月半ばのことだとか。

「郡奉行の納場は、沖合の漁業に関する冥加金を三割引き上げるといってきました」

「ずいぶん横暴ですね」

怒りの気持ちが伝わってきた。

「しかし郡奉行の命を受け入れなければ、何をされるか分かりません」

沖合漁業ができなくては、網元だけでなく網子の暮らしも成り立たなくなる。

「そういうやり取りをしていたところで、助っ人が現れました」

これは甲子右衛門の言葉だ。そのまま続けた。

「その御仁《ごじん》は、納場に掛け合ってくださいました」

「ほう」

「冥加金の三割増は、高崎藩の仕置きなのかと問い質しました。すると納場は慌てました」

「勝手に、上げようとしていたわけですね」

納場は藩の方針だと突っぱねたが、助っ人の方は告げた。

「ならば藩主輝和《てるやす》殿に尋ねよう」

その人物は高崎藩の当主を知っていると受け取れる。もしただの脅しで、「いかようにも」と返されたらその人物が窮地に立つ。

「それで、どうなったのであろうか」

「納場は、冥加金の引き上げはしないと告げてきました」

助っ人の言葉に、それだけの力があったことになる。

「しかし助っ人の御仁が銚子を去ったところで、役所へ呼び出されました」

〆粕千俵分の鰯を、松岸屋やこれまでの問屋へ卸すのではなく、波崎屋へ卸すようにと納場が告げてきた。

「そのわけは」

「貴重な品だから、一つの店だけでなく、他の店にも振り分けるべきだというものです」

「都合のいい話だな」

しかもその話は、他の者がいないところでだった。

「甲子右衛門殿の考えで、波崎屋へ卸せというわけですね」

「断れば、納場は種々の嫌がらせをしてくるはずです」

作左衛門が、怒りの声で言った。腹に据えかねているのだろう。

「波崎屋は千俵の〆粕で儲けるだけでなく、今後の仕入れもすべて己の手に入れようと目論んでいます」

と続けた。

「それで、納場の話を受け入れるのですか」

源之助は問いかけた。

「いえ、断ります」

甲子右衛門は即答した。

「一時《いっとき》の利益のために、長年卸してきた店を切り捨てることはできません。それをしたら、郡奉行の横車に屈したことになります」

と続けた。網元としての、意地もあるようだ。

納場に返事をするのは、明日だとか。

「なるほど。それで向こうは、江戸からやって来た仁之助を交えて、甲子右衛門殿の出方で、どうするかを打ち合わせたわけですね」

「そうだと思います」

「その面談でも、脅してくるでしょうね」

「助っ人の方にも入っていただきます」

このときには助っ人が誰か、源之助には見当がついていた。そして正森が、深川六間堀河岸で襲撃されたわけも理解した。波崎屋か納場が、浪人者を使って邪魔者を消そうとしたのである。

正森さえいなければ、向こうには恐れる者はいない。

「助っ人というのは、小浮森蔵様ですね」

千代らは驚きの顔をしてから頷いた。

襖《ふすま》が開かれた。そこにいたのは、井上正森に他ならなかった。話を聞いていたのである。

「大殿様」

顔を見た源之助は、そこで平伏した。

第四章　〆粕作り

一

「その方《ほう》は、佐名木家の跡取りじゃな」

源之助に目を向けた正森が、声をかけてきた。感情のこもらない声の響きだと感じた。

「ははっ」

源之助は、頭を下げたまま返事をした。

「うむ。あの者はよい跡取りを得た」

末吉を救ったことには触れなかったが、正森にしたら褒め言葉なのだろうと解釈をした。源之助は、頭を上げた。

かけられた言葉は一応褒め言葉だったが、向けてくる眼差しには好意も嫌悪感もなかった。何を考えているのか分からない眼差しだと思った。

「末吉を斬った者とは、立ち合ったのじゃな」

「いたしました」

「いかがであったか」

「腕は、向こうが上かと存じました」

正直に伝えた。見栄を張っても仕方がない。

「確かその方は、戸賀崎道場で学んだはずだな」

「ははっ」

学んでいる道場まで知っているのは驚いた。藩邸内の者ならば知っているが、正森は違う。

「その腕を凌駕《りょうが》するのならば、内橋庄作であろう。あれはなかなかの遣い手だ」

正森は言った。腕が劣ると認めたことを、慰めたのではない。耳にした話から、相手が誰かと判断をしたのだ。

口には出さないが、源之助にしてみれば、気持ちの伝わらない爺さんといった印象だった。

「明日の納場との面談の件ですが」

「うむ。わしも参ろう。小浮森蔵としてな」

甲子右衛門の言葉に、正森は返した。

「襲ってはこないでしょうか」

源之助が、胸の内に湧いた危惧を口にした。正森がいくら凄腕でも、五人十人に襲われたらどうにもならない。まして場所は、銚子役所の中だ。

「それはない。人の目のあるところで、そのような真似をするほど、あやつらは愚かではない」

正森の言うとおりだった。それでも源之助は気になった。

「それがしも、お供ができませぬでしょうか」

万一何かあったら、力を尽くすつもりだった。何であれ、正森は高岡藩先代藩主である。

「よかろう」

銚子役所には、三人で出向くことにした。

今案じられるのは、末吉の容態だ。快復を願った。

正森は自室へ引き上げた。動かすことができない末吉の看護は、松岸屋でする。甲子右衛門は、住まいへ戻っていった。

見送った後、房太郎は千代に声をかけた。

「松岸屋さんで鰯を仕入れられるようになったら、ぜひ〆粕を私に売ってください。できれば百俵」

どのような状況になろうと、房太郎はしぶとい。正森には最後まで無視されたが、少しも気にしていないようだ。問題は、仕入れができるかどうかだけなのだろう。

「考えておきます」

千代は言下に一蹴はしなかった。

源之助は、正森の家来筋となる。房太郎は源之助と、末吉を救い出すことに尽力をした。それを踏まえてのことだ。

源之助と房太郎も、旅籠に引き上げることにした。もう夜も更けていた。

「旅籠にお泊まりになるならば、こちらへお越しください。部屋はあります」

千代が言ってくれた。費えがかからないならば、大助かりだ。

「大丈夫ですか」

房太郎に確かめた。作業場ほどではないが、それなりのにおいは母屋にもある。

「もちろん」

薄い胸を張った。房太郎にしても、費えの節約は頭にあるはずだった。

部屋に案内された。客間らしい床の間付きの八畳の部屋だった。作業場から離れている。

耳をすますと、潮騒の音が聞こえる。しかし他の音は何も聞こえない。寂しいくらいだった。

「小浮様と千代さんは、歳は離れていますが、夫婦なのでしょうか」

房太郎が言った。それには源之助も疑問を感じていた。小浮森蔵などと名乗っていても、何者かは見当がつくはずだった。

ただ房太郎は、己の目当て以外のことには首を突っ込まない。そこははっきりしていた。

寝ようと考えた源之助は、雪隠《せっちん》へ行った後で末吉の病間を覗いた。廊下に、明かりが漏れていた。

「御免」

障子《しょうじ》を開けて中へ入ると、千代が看取りをしていた。末吉は、深い眠りの中にある。行燈《あんどん》の淡い明かりが、時折苦しそうに歪む末吉の顔を照らしていた。

「ご無理をなさらぬように」

源之助は部屋の隅に腰を下ろして、声をかけた。

「このくらいは、何でもありませんよ」

気丈な声だった。それで去ろうかと思ったが、せっかくなので少しばかり話をする気になった。

「網元の甲子右衛門殿から仕入れをするのは、ずっと前からですか」

やり取りから、親身な間柄だと感じた。答えないならば、無理に訊くつもりはなかった。

千代は、嫌な顔をしなかった。

「松岸屋は四代前からの家業ですが、二十五年ほど前に、土地の網元綱右衛門《つなえもん》さんと鰯の仕入れに関して揉めました」

綱右衛門は甲子右衛門の父で、十五年前に亡くなっているとか。

「そのとき私は、亭主を病で亡くして四年目で、向こうは後家の私を舐めたんだと思います」

鰯の不漁を理由に、売り惜しみをした。値を吊り上げようとしたのである。

そのとき正森は、たまたま海釣りで銚子に来て、松岸屋に投宿していた。飯沼の旅籠より、ここの方が海が近いということで声をかけてきた。このときに小浮森蔵と名乗ったそうな。

本当の名や境遇は、後に近い間柄になって分かった。

話を聞いた正森は、綱右衛門のもとには充分な在庫があることを突き止めた。交渉をして、適正価格での仕入れをさせた。

気の荒い網子が大勢いたが、単身で乗り込んだ小浮森蔵は動じなかった。何よりもそのとき、小浮は無腰だった。

それから綱右衛門も甲子右衛門も、小浮に一目置くようになった。

「ではそのときから、小浮様はここに」

「そうです。あの方が睨みを利かせてくださるお陰で、商いは順調です。郡奉行も強引なことはできないでいます。向こうにしたら、煙たいでしょうね」

「大名家に連なる方だと、分かっているのでしょうか」

「どことは分からないかもしれませんが、感じていると思います。ですから、慎重な態度に出ているのだと思います」

「正森様は、それがしのことをご存じでした。藩の政には関わりを持たれませんが、詳しいので驚きました」

あえて、小浮とは呼ばなかった。

「江戸では、下屋敷に顔をお出しになることはあると存じます。そこには、ご当主であられたときからのご家臣がいるとか」

「そこから、お聞きになられたわけですね。藩の政に対して、お気持ちはあるのでしょうか」

「それはないと思います」

千代は即答した。日々関わる中で、感じたに違いない。

「嫌気が差したのでしょうか」

もちろん、本人にはこんな尋ね方はできない。

「藩には、大家から殿様が見えました。お任せするということでございましょう。その方のほうが、ご立身なさるともお考えになったようで」

「はあ」

正森は大坂加番で終わったが、正国はそこから大坂定番、奏者番と進んだ。この後も、出世の道が閉ざされているわけではなかった。尾張徳川家がついている。

「そういうことか」

と思った。ならば、政からは手を引いても、家臣のことは気に留めているのかもしれない。でなければ、部屋住みの自分が学ぶ剣術の道場まで知っているはずがない。

「江戸にお越しの折には、深川でご逗留になられます」

「ええ。松岸屋の品を受け入れる商人です」

それを聞いて、千代はお鴇と蔦造のことを知っているのだと感じた。正森はお鴇とは、夫婦のように暮らしている。ただそのことに、触れるつもりはなかった。

源之助は、正森が江戸で襲撃を受け返り討ちにした話をした。老いてもなかなかの腕前だと伝えたつもりだったが、千代は顔を曇らせた。

「もう若くはありません。相手が二人では何とかなっても、さらに腕の立つ者が三人、四人となったら、どうにもなりますまい」

案じる気持ちが伝わってきた。

「それがしがこの地にいる間は、お供をさせていただきます」

源之助は伝えた。

「心強いことでございます」

千代との話を終え、源之助はあてがわれた部屋へ引き上げた。

夜中だったが、正紀にここまでを伝える第二便を書いた。夜が明けたら、江戸行きの船に託すつもりだった。

二

翌朝になっても、末吉は目を覚まさなかった。うっすらと脂汗をかき、時折痛みがあるのか顔を歪める。

しかし容態が悪い方へ変わったとは感じなかった。寝ることで、怪我と闘っているようでもあった。

「ともあれ、様子を見ましょう」

往診に来た医者が言った。

はま嶋で、何か見たり聞き込んだりしているのならば、その内容を知りたかった。しかし容態がどうなるかは分からないので、房太郎ははま嶋へ様子を見に行くと言った。

「気をつけてください」

源之助は念を押して送り出した。

甲子右衛門は、正森と共に銚子役所へ納場を訪ねた。源之助は、正森の供として同道した。

町は活気に満ちている。銚子は漁業だけでなく、水上輸送の中継点、醬油製造などの産業があった。役所の仕事は年貢米の徴収だけではない。商いに関わる運上金や冥加金の徴収にも関わった。

建物内は訪問者もあって、忙《せわ》しない印象だった。玄関で名を告げると、すぐに奥へ伝えられた。その折に事務を行っていた手付や手代たちの、三人に向ける眼差しには険しいものを感じた。

郡奉行に逆らう者に見えるのかもしれない。

「こちらへ」

案内に現れたのは、内橋だった。源之助に鋭い一瞥を寄こしたが、何かを言うわけではなかった。

源之助の方は、その体つきに目をやった。暗がりで刃を交えた。体つきと、吊り上がった目を見て、昨日の侍だと確信した。

まず三人は、窓のない小部屋に通された。四半刻待たされて、再び内橋が現れた。

「お奉行様は、甲子右衛門のみにお会いになられる。他の方は、お控えいただく。網元の者ではござらぬゆえ」

冷ややかな口調で言った。

「人に聞かれては、具合の悪い話でもするのか」

正森は、強気な態度を取った。小浮森蔵と名乗ってはいるが、高崎藩主輝和の名を出した人物として納場は警戒をしている。しかも江戸で襲撃をされながら、返り討ちにした人物だと慎重になっているのは確かだ。

その動きに、内橋も危惧の念を抱いている。

「いや、そのようなことはござらぬ。証拠もなくそのようなことを申すとは、お奉行様に対して無礼であろう」

喰ってかかる言い方になっていた。向こうは身分ある者と察しているはずだが、下手に出ることはない。ここは銚子役所だ。何かあれば、こちらは役所の役目を乱す者として処罰される。

「うむ」

正森は閉じられている襖に目をやった。それで源之助も気が付いた。襖の向こうには、殺気が潜んでいる。
三、四人はいると感じた。

少しでも抗《あらが》う態度を見せれば、狼藉者として対処をする腹だと察せられた。

「分かった。待とう」

正森も、いったん引き下がった。

甲子右衛門だけが、連れられて行った。残った二人は、無言で待った。背筋を伸ばして座った正森は、微動だにしない。これが八十一歳かと源之助は思う。その間も、襖の向こうには人の気配があった。

長くなるかと思ったが、それほどではなかった。

強張《こわば》った表情で、甲子右衛門は部屋へ戻ってきた。額に脂汗を浮かべている。

「鰯は、松岸屋へ卸すとお伝えしました」

まず甲子右衛門は言った。ついてきた内橋は、甲子右衛門に憎しみの目を向けている。

「それでよかろう」

郡奉行の横車に、屈しなかったことになる。

三人は役所を出た。背中に、刺すような視線を感じた。

「思いがけず早く済んだが」

歩きながら正森が問いかけた。

「はい。松岸屋へ卸すと伝えましたら、苦い顔をされ、考え直せないかと言われました。ならば今後、悪いようにはしないと」

「裏を返せば、考え直さなければ酷いことになるぞと告げたわけだな」

「そんなところです。強く出れば、何でも聞くと思っていやがる」

吐き捨てるような言い方だった。

「三度か四度、そういうやり取りを繰り返しました。そうしたら、気をつけろと言われました」

「そうか。脅しだな」

正森は泰然としているが、源之助は甲子右衛門の話を聞いて不安になった。連中は、正森を江戸まで追った執念深い者たちである。

正森の命を狙うだけでは済まないかもしれない。悪事をなす者は手段を選ばない。

高岡藩では、かつて敵対する相手から門に付け火をされたことがあった。

「波崎屋が買い取れば、売り惜しんだあげくに、とてつもない値をつけて売るであろう」

「へえ。あいつならば、江戸で銀五十匁でもつけるでしょう」

正森の言葉に、甲子右衛門は答えた。

「そんなことをさせてはならぬ。不漁ゆえある程度は仕方がないが、困るのは百姓たちだ」

この言葉を聞いて、源之助は驚いた。正森が百姓のことを気にするというのは、これまでの印象と違うからである。

もっと身勝手な事情で動くと思っていた。

「一度でも納場の言うことを聞いたら、どこまでもこちらは命じられたまま動かざるをえないでしょう。今度のことがなくても、いつかは冥加金を上げてきます。漁にも商いにも口を出してきます」

「それは間違いない。となれば、ますます鰯の値は上がるぞ」

商人のような口ぶりだった。

三

三人が銚子役所へ出向いていた頃、房太郎は利根川対岸のはま嶋へやって来ていた。舟は漕げないので、渡し船を使った。

昼間見る利根川の河口は、大川よりも広い。外海を経てやって来た千石船が、船着場に着岸しようとしていた。外海から入る荷船は、ひと際頑丈に見える。

空でかもめが飛んでいた。

敷地の外で様子を見ていると、十七、八くらいの板前見習いとおぼしい若い衆が出てきた。

早速近寄って声をかけた。同時に、おひねりを握らせている。

「夕べは、このあたりで刀を抜いた侍がいて、騒ぎになったと聞きましたが」

「えっ、そうですか」

気が付かなかった様子だった。板場では、話題にもならなかったと返された。

房太郎は大声を上げたつもりだが、拍子抜けだった。見習いが、嘘を言っているようには感じない。板場は離れたところにあったのか。

「昨夜は波崎屋のご主人が、お客を招きましたね」

「ええ、離れにご案内したと聞いています。四人前の料理を用意しました」

見習いはおひねりを受け取った手前か、渋々答えた。

客が誰かは分からない。水路を使って、離れに入ったらしいと言った。

「離れだと、誰にも会わず済むわけですね」

「まあ」

「ならば離れは、訳ありの方が使いそうですね」

見習いは否定しなかった。

次は、仲居らしい女に声をかけた。この女にも、おひねりを握らせた。昨夜女は離れを受け持っていなかったが、接客の状況は覚えていた。

「よっぽど大事な客だったらしいよ」

接客をした仲居も、客の顔を見ていなかった。離れに通じる水路から、客は入ったらしかった。

「でも、料理や酒は運んだのでは」

「そうだけど、料理は初めに並べ、お酒は部屋の前まで運ぶだけだったそうです」

「密談ですね」

はま嶋は、密談や密会に適した店だ。お忍びの客は、店の者には関わらせずに済む。だから太郎兵衛は、この料理屋を選んだのだろう。

客が納場や内橋だった証拠は得られない。四人のやり取りを盗み聞きしたら、ただでは済まないだろう。末吉が斬られたわけは、得心がゆく。

「ここには、どれくらいいたのですか」

「一刻くらいはいるかと思いましたが、四半刻くらいでお帰りになりました」

末吉の一件があったからに他ならない。

銚子役所を出て、三人は松岸屋へ戻る。

「人気のないところで、覆面をした内橋あたりが襲ってくるのではないか」

と考えた源之助は警戒した。甲子右衛門には周囲を見回す気配があったが、正森は何事もなかったような顔で歩いていた。

何も起こらないまま松岸屋に着いて、源之助はひとまずほっとした。甲子右衛門は、納場とのやり取りを含めた役所での詳細について、千代と作左衛門に伝えた。

「まずは一安心ですが、また何かを企んでくるのは明らかです」

作左衛門は、警戒をした。話を聞けば当然だ。相手は郡奉行と波崎屋である。

「悶着が起これば、こちらの非として責めてくるのは目に見えています」

と千代。

「なあに。さすれば、向こうの不正を暴き、高崎の藩庁に訴えるばかりだ」

正森は強気だ。ただ油断はできない。

「甲子右衛門殿は、お一人では出歩かぬようにするのが肝要では」

源之助は言った。

「それはそうだ」

この考えについては、正森も同意した。

話をしているところへ房太郎が戻ってきた。はま嶋で聞いてきたことを一同に伝えた。

「連中の悪巧みが知られたから、斬り捨てようとしたのであろう。証拠などなくても分かる話だ」

ここで源之助は、銚子役所での出来事を房太郎に話してやった。

「さようで」

聞いた房太郎は、顔に喜色を浮かべた。千代と作左衛門に向かって頭を下げた。

「〆粕百俵、どうぞよろしく」

二度目の依頼だ。

ここで正森が口を開いた。

「量は百俵、十貫を銀二十二匁でよい。しかしいくら値が上がっても、銀三十二匁以上では売ってはならぬ」

「ええっ」

房太郎は不満そうな顔をした。銀四十匁くらいはゆくと踏んでいる顔だ。

「その方だけではない。不漁の折、松岸屋から仕入れるには、それを受け入れねばならぬ」

嫌ならばやめろという口調だ。

「…………」

そう告げられると、返答ができない。そこで房太郎は問いかけた。

「もし値が下がって損をした場合は、どうなりますんで」

「愚か者。そうなったらどうなるのかも、分からぬのか」

「はあ」

「買った者の損になるのに決まっているであろう」

どやしつけられた。

それでも、値上がりは間違いなかった。魚の群れが現れるには前触れがあるというが、それは来ていなかった。今や誰もが、不漁は続くと見ている。納場も波崎屋も、同じように考えるから甲子右衛門を脅したのだ。

「分かりました」

と房太郎は頭を下げた。

ここで源之助は、高岡藩も〆粕を買うべきだと思ったが、声を上げられなかった。

金子の用意ができたかどうか、見当がつかないからだ。

翌日源之助のもとへ、江戸の井尻から文が届いた。江戸で正紀が六百貫を買った。ついてはすぐに江戸へ戻れというものだった。

「ううむ」

源之助は、声を漏らした。〆粕を江戸で買い入れたのならば、自分が銚子にいる理由はなくなったことになる。しかしそれでここから去っていいのか、という問題だった。

甲子右衛門から申し入れを拒絶された納場や太郎兵衛が、黙って身を引くとは思えない。一波乱あるのは明らかだった。末吉も、いまだに意識が戻らぬままだ。

正森が再度襲われる虞は大きかった。正森に対する気持ちは、江戸にいた頃から微妙に変わっている。

「もし正紀様がここにいたら」

と源之助は考えた。ここで江戸へ戻るとは言わないと察せられた。数日、文が遅れたことにしようと決めた。

また井尻からの文では、江戸の〆粕が値を上げていると知らせて来ていた。すでに銀二十六匁をつける店もあるとか。

この件については、千代と作左衛門にも伝えた。

「なるほど、動き出しましたね」

「〆粕作りを急ぎましょう」

二人が答えた。

獲れた鰯は、甲子右衛門の納屋に置かれている。それを松岸屋へ移さねばならない。〆粕千俵分の鰯というのは、相当の量だ。一度では運べないだろう。

「ともあれ、今日から始めよう」

作左衛門が言った。

四

「おお、今日も上がっていますね。十貫が銀三十匁になっています」

深川の干鰯〆粕魚油問屋の店内を覗いた植村が、上機嫌の声を上げた。気持ちが、すぐに顔に出る。

六百貫を買ってから今日で三日目だが、正紀と植村は、毎朝干鰯〆粕魚油問屋を廻っていた。〆粕だけでなく、干鰯や魚油もじりじりと値を上げていた。

魚油を燃やすと赤い炎となり煤《すす》が出て、においも残る。しかし高額な菜種《なたね》油や蠟燭《ろうそく》を使えない庶民にとっては、魚油は安価に買える照明用の油といえた。

「こう高くなると、手が出ないねえ」

附木《つけぎ》売りの老婆が、魚油の値段を見てぼやいた。

「豊漁の知らせがない限りは、十貫が銀四十匁よりも上がるかもしれぬな」

正紀が植村に返した。値上がりを待つために、店を閉じたところもあった。

「こういうときに店を閉じるのは阿漕ですね」

植村は不満そうだ。値上がりは嬉しいが、多くの者にとって手に入りにくい品になることは、正紀も望まない。品薄だから値上がりは仕方がないが、適価でなくてはならないと思う。

混乱に乗じて暴利を得るのは、本来の商人の姿ではない。

堀川町の波崎屋の前にも行った。

「やはり、店を閉じているな」

「店を開けたときには、とんでもない値で売るんじゃないですかね」

植村は忌々し気な顔をした。

「仁之助は、とっくに銚子へ着いているであろうな」

「どのような悪巧みをしているのでしょうか」

かの地ではどうなっているか、気になるところだった。源之助から最初の文は届いたが、次の便りはまだだった。

「そろそろ着いているかもしれませんね」

「うむ」

二人は屋敷へ戻った。

案の定、留守の間に、源之助からの文が届いていた。

正紀は佐名木や井尻が同席するところで、文の封を切った。文字を目で追う。

「波崎屋と郡奉行納場帯刀が組んで、網元甲子右衛門の千俵分の鰯を奪おうとしている。様子を探ろうとした漁師は、納場の手先に斬られたそうだ」

読んだ正紀は告げた。穏やかならざる気持ちになった。

「さらに正森様は、これに深く関わっておいでのようだ」

読み終えた文を、佐名木に渡した。一同が、文を読み回す。

「正森様は、鰯の商いでお稼ぎをなさっていたわけですね」

どこか恨めしいといった気配を含ませて、井尻が言った。けれども、問題はそれではない。郡奉行と波崎屋が手を組んで、不漁の鰯を手に入れて私腹を肥やそうとしているところだ。

しかも追い打ちをかけるように、冥加金を上げようとしている。高崎藩は増収となるから、苦情は言わない。しかしそれは漁師を苦しめることだ。冥加金の値上げを納場は自分の手柄にしようとしている。

「正森様は、ご無事でありましょうや」

佐名木が呟いた。再度の襲撃を頭に入れてのことだろう。

正森がいくら凄腕でも、銚子は納場の地元だ。高岡藩先代藩主も、かの地では小浮森蔵という浪人者でしかない。

「甲子右衛門が納場の申し出を断るとなれば、このままでは済むまい。正森様は、向こうにしたら一番の邪魔者となろう」

正紀が応じた。

「仁之助が出向いたとなると、波崎屋は腰を据えてかかるでしょう。浪人者や破落戸《ごろつき》を雇うのではないですか」

と佐名木が続けた。

「房太郎はともかく、源之助は力を尽くさねばなるまい」

何であれ正森は、先代藩主だ。しかしすぐに井尻が言った。

「いや。源之助様には、江戸へ戻るように文を出しました」

「おお、そうであった」

一同は顔を見合わせた。

「藩としては、すでに〆粕六百貫を手に入れております」

井尻は、どうしようもないという顔をした。もともと井尻は、正森に対する気持ちが薄かった。

「それはそうであるが」

佐名木は正紀の顔を見た。それでよいのかと、目で問いかけていた。

「そうだな」

正森は〆粕と魚油を商うことで利を得ているが、暴利を貪《むさぼ》ってはいない。源之助の文を読む限りでは、筋を通している。

悪辣《あくらつ》なのは、納場や波崎屋の方だ。

しかしだからといって、高岡藩が力を貸すのは違うと感じた。正森は幾たびもあった藩の苦境を知りながら、助けてくれなかった。

そのために藩士を行かせる気持ちにはならない。佐名木も新たに何かを言うわけではなかった。

源之助からの文の内容を、京に伝えた。

「向こうにしたら、江戸での襲撃はしくじったが、今度は成し遂げるぞといったところではないでしょうか」

聞き終えた京は言った。

「正森様のお命を奪うのではないかと考えるわけだな」

「あらゆる手立てを弄《ろう》してもでしょう」

正森がいなければ、甲子右衛門も松岸屋も強くは出られない。

「知らぬ上でのことならば、仕方がないが」

分かっていてそのままにしてしまうことに、引っかかりがあった。また命を奪われて、波崎屋の思うがままに銚子の仕入れが行われるのも面白くなかった。

「正紀さまが、藩というお立場から離れてご助勢するのならば、よろしいのでは」

「ほう」

相変わらず、突拍子もないことを口にすると思った。正紀が、浪人者の身になって行けばいいと言っている。浪人者ならば、何をしようと勝手だ。

躊躇っていると、京は続けた。

「量は充分でないとはいえ、十貫を銀二十二匁で買えたのは、どなたのお陰でしょう」

正紀がお鴇に、高岡藩の名を出したからだった。正森が助勢をしようとしたわけではないが、結果として〆粕を安値で仕入れられた。

藩を捨てた者とみなしていたが、危機を知ってそのままにはできない。

「病におなりなさいまし」

「分かった。参ろう」

頷いた正紀は、佐名木と井尻に伝えた。

「それでよろしいでしょう」

「お行きになるというのならば」

佐名木は当然という顔だった。井尻は、行きたいならという感じだ。

「路銀は、抑えていただきます」

そこの念を押すことは忘れない。供は植村に命じた。

正紀と植村は、その日の夕刻には関宿へ向かう六斎船《ろくさいせん》に乗り込んだ。

五

源之助が井尻から、江戸へ戻れとの文を受け取った翌日のことである。井戸端で洗面を済ませた源之助は、松岸屋の裏庭に出た。

朝の潮のにおいは心地いい。〆粕のにおいも、あまり気にならなくなった。房太郎も、嘔吐するようなことはなくなった。とはいえ、仕事場へは近づかない。

海に近い場所だが、庭の手入れはよくできていた。源之助はほんの少しだけ、庭を眺めてみようかと考えた。

松岸屋の建物は、千代や作左衛門の部屋のある棟と客が使う棟、奉公人の棟、それにやや離れたところに作業用の棟があった。千代たちが使う棟は、客が使う棟とは並んでいる。

源之助は、庭に足を踏み入れたところで、話し声を聞いた。楽しそうな男と女の声だった。

目をやると、正森と千代だった。寝間着姿で、同じ部屋から出てきた。

まずいものを見てしまった気がした源之助は、灌木《かんぼく》の陰に身を寄せた。正森と千代は仲睦《なかむつ》まじい様子で話をしていた。

笑い声も聞こえる。正森が笑うなど、ありえないことだと思っていた。歳は二回り近く離れているが、夫婦のような仲だと改めて感じた。

和《なご》やかでほっとする二人の姿だが、正森には江戸にお鴇という者がいる。

「老いても、好きなように過ごしている御仁だ」

と呟いた。ただ大名ならば、正室と側室がいるのは当たり前の話だ。正森が不埒《ふらち》な人物だとは受け取れなかった。

気付かれると気まずいから、源之助は足音を忍ばせて部屋へ戻った。

朝飯は、房太郎と向かい合って食べる。添えられた鯵《あじ》の干物は、なかなかうまかった。

食べ終えたところで、源之助は房太郎に問いかけた。

「江戸へは戻らないのですか」

百俵は仕入れられることになった。もう銚子にいる理由はなくなったはずである。

「戻ってもいいんですけどね。仮に小浮様や松岸屋に何かあったら、百俵の仕入れは泡と消えてしまいますからね」

「それはそうだ」

敵はこのまま手をこまねいてはいないだろう。となると、大船に乗ったつもりになれないのは当然だ。

「引き上げていいものかどうか、考えました」

「残ることに、したわけですね」

「〆粕ができなければ、江戸へは運べません。それまではいようと思います」

「なるほど」

「源之助様は、どうなさるので」

と問われた。高岡藩もすでに六百貫を買っているから、井尻の文のとおりすぐにも引き上げなくてはならない。本来ならば、昨日の船に乗っているところだった。

「どうもな。去り難い」

敵の襲撃があるのは、間違いない。ここで立ち去るのは、忍び難かった。

正森は身勝手で冷酷だという印象が消えたわけではないが、それだけではなさそうだと感じ始めている。

源之助と房太郎は、船着場へ出た。すでに漁に出た船も少なくない。甲子右衛門の大型船が、沖合に向かってゆく姿が見えた。

鰯は、近場では獲れないままだ。

「ここから見ている分では穏やかそうに見える海だが、沖に出るとなかなかのものだぞ」

すでに船から降りたとおぼしい老人が、声をかけてきた。

「鰯の群れが、早く戻って来てもらいたいねえ」

亭主を見送った漁師の女房が言った。

松岸屋では、〆粕作りが始まっている。〆粕千俵分の鰯を、一度に松岸屋の仕事場へは運べない。毎日、二百俵分ずつ荷車を連ねて運ぶことにしていた。

甲子右衛門の納屋の前には、何台もの荷車が停まっている。人足たちが、木箱に入った鰯を運び出していた。荷車に木箱が積まれてゆく。

源之助と房太郎は、この運搬の警護をすることになっていた。指図をするのは、番頭の次助《じすけ》だ。

「私は源之助様のように、得物を持って戦うことはできませんが、声を出して人を集めることはできます」

房太郎は怯まない男だ。そして自分は、必ず役に立つ者だと信じている。その自信が薄っぺらな体を支える力になっているらしかった。

「においは大丈夫ですか」

松岸屋の建物の中では、だいぶ慣れたらしい。しかし荷車に積まれた腐った鰯は、強烈なにおいを発している。源之助でも、辛いくらいだ。しかも多数の蠅《はえ》がたかってくる。手で払える量ではない。

「まあ、近くに寄らなければ」

近寄るときは、鼻と口に手拭いを巻いた。

次助や人足たちは慣れているのか、気にする様子はなかった。

「行くぞ」

すべての荷車が満載になったところで、次助が声を上げた。一列になって、荷車は動き始めた。

源之助と房太郎は、やや間を空けて後ろについて行く。襲撃があるならば、二人や三人ではないだろう。それを頭に入れながら、周囲に目をやった。

道端には、鰯の行列を見ようと立ち止まって目を向けてくる者が少なくない。

「おや、あれは」

運んで行く途中で、房太郎は声を上げた。源之助は指をさされた方向に目をやった。立ち止まっている者たちの中に、仁之助がいるのに気が付いた。

距離が近くなった。前を通るとき、目が合った。敵意の眼差しだ。しかし仁之助は、すぐに目をそらした。

仲間がいるとは思えなかったが、どこかに人が潜んでいるかもしれない。

緊張したが、何事もなく鰯は松岸屋へ届けられた。

「様子を、窺いに来ただけですね」

房太郎は、ほっとした様子で言った。

松岸屋の作業場へ運ばれた鰯は、待っていた〆粕作りの者たちの手に渡る。房太郎は近寄らないが源之助は次助に断って、作業場の中に入れてもらった。

〆粕ができるさまを見てみたかった。

大釜五つが火にかけられている。中の湯は沸騰していたが、それでも竈《かまど》にはさらに薪《まき》がくべられた。猛烈な湯気が建物の中に充満している。足を踏み入れただけで、汗が噴き出した。

仕事に当たる者は、皆半裸だ。褌《ふんどし》一丁の者もいる。

その大釜に、鰯が一気に入れられる。地獄の釜に、鰯が呑み込まれるようだった。

ぶくぶくと、泡が湧き上がる。

「見ていてください。鰯が茹で上がると、油が湧き上がってきますよ」

次助が言った。

湯が沸騰してくると、釜の上の部分に湯とは違うものが湧き上がってきた。強烈なにおいだ。

「あれが魚油ですね」

「そうです。もう少ししたら、すくい取ります」

何度も使われたらしい古びた樽が、釜の前に集められた。職人が大柄杓《おおびしゃく》で油をすくい取っては樽に注いでゆく。職人の全身が湯気と汗で濡れそぼっていた。

魚油を収めた樽は、外へ運ばれる。

残った粕もすくい取られ、海辺に運ばれた。藁筵《わらむしろ》に撒かれ、数日かけて乾燥される。

昨日干された〆粕を、源之助は見た。乾き始めた〆粕は、固まり始めていた。

「あれを砕いて、俵に詰めます」

その俵も、すでに用意されていた。米俵とは違って目が粗いのは、砕いても米粒よりは大きいからだと察した。

「おれたちは、〆粕を拵えて食っている。高値になるのはありがてえが、あまりに高くなったら使われなくなる。そうなったら、おれたちは食い詰める。一番いいのは、長く使われることだ」

職人の一人が言った。

「それはそうだ」

正森や甲子右衛門が、不当な高値を防ぎたい理由はそこにあるのだろう。

六

さらに二日が経った。好天に恵まれ、〆粕作りは順調に進んだ。浜には、一面に茹でられて油を抜かれた鰯が干されている。なかなか壮観で、源之助は目を瞠《みは》った。海に撥ね返された日差しに、〆粕が輝いている。

納場や波崎屋が干した〆粕に何か仕掛けてくることを警戒して、浜では昼夜を問わず甲子右衛門が数人の網子を見張りに立てていた。

この日も、甲子右衛門の納屋から鰯が運ばれる。源之助と房太郎は、輸送の警護に入る。

鰯は沖へ出た網元の船が少しばかり獲ってくるが、不漁の日もあった。昨日一昨日は、まったく獲れなかった。

「これじゃあ干鰯や〆粕、魚油の値は上がるばかりだろうよ」

「今頃江戸じゃあ、十貫が銀三十匁を下らないんじゃあねえか」

源之助は、そんな話を耳にした。

はま嶋で斬られた末吉は、ようやく意識を取り戻した。しかしまだ、口を利ける状態にはなっていなかった。

ただ命を取り留めたのは確かで、一同は安堵をした。

漁港にいるのはまだ数日だが、その日によって漁獲高に差があることを知った。相手は生き物だ。人の思いどおりにはならないということがよく分かった。

源之助と房太郎は、荷車の行列について行く。歩きながら、房太郎が問いかけてきた。

「前の文の後で、江戸から何か言ってきましたか」

「いや。まだないが」

戻らなければならないのは確かだが、源之助はまだ連絡をしていなかった。

「熊井屋の親御は、何か言ってきませんか」

「はい。取引を済ませた以上は、さっさと帰れと言っています」

房太郎は苦笑いをしながら言った。

「そなたは、江戸で商いがありますからな」

「でもこっちも、もう少し様子を見なくちゃなりません」

「それがしは部屋住みですから、正式のお役目はありませぬ」

多少の融通は利くのだと伝えた。旅籠代がかからないのだから、多少の目こぼしはしてもらえるだろうと思った。井尻は金さえかからなければ、それでよしとするところがある。

今のところ、荷運びを邪魔されることはない。けれどもたびたび誰かに見張られている気配があった。

気を許すことはできなかった。

浜の道を進んで行く。松林の中から、いきなり乱れた足音が響き十人ほどが現れた。破落戸ふうが、手に手にこん棒や寄棒を握っている。長脇差を腰にしている者もいた。

先頭の荷車の行方を塞《ふさ》いだ。

「どけっ」

先頭にいた気の荒い人足が叫んだ。荷運びの人足たちは一斉に身構えた。妨害は予想をしていた。

破落戸たちは、ものも言わずに得物を振り上げた。長脇差が抜かれた。力尽くで邪魔をするつもりだ。あるいは荷を奪うつもりなのか。

「おのれっ」

源之助は、腰の刀に手を触れさせて前に出た。先頭に出たときには、刀を抜いていた。

後ろの荷車の人足たちも、賊と戦おうと前に出ている。怖れてはいなかった。

「くたばれ」

唸《うな》りを上げて、寄棒が源之助をめがけて振り下ろされてきた。脳天を打ち砕こうという勢いだった。源之助は前に出ながら、これを刀身で払った。

まともに受ければ刀を飛ばされたかもしれないが、払うことで力を削いだ。前に出たことで、相手の真横に出ていた。その腹を、峰で打った。

「ううっ」

手応えがあった。しょせんは町の破落戸だった。男は前のめりに倒れ込んだ。

次は長脇差で、次助に斬りかかっている者に向かった。何も得物のない次助は、ただ避けることしかできなかった。

次助の肩先を狙って打ち下ろされた一撃を、二人の間に飛び込んだ源之助は刀身で下から撥ね上げ、そのまま小手を狙って突いた。

「うわっ」

切っ先が突き刺さる感触があった。相手の長脇差が、宙に飛んだ。勢いづいた体が、もんどり打って転がった。

「源之助様」

このとき、房太郎の叫ぶ声が聞こえた。そちらに目をやると、房太郎は後ろの荷車を指さした。

「おおっ」

新たに現れた破落戸が、荷車を引いて逃げようとしていた。先頭に現れたのは、源之助らの気をそらせるためだった。

襲いかかってくる者を突き倒して、源之助は荷車を奪って逃げる男たちを追った。町へ向かっているのではない。切り立った岩場のある方向だった。

荷車の車輪が地べたを穿《うが》つ音が響く。波の音が近づいてきた。

「岩場から、海に投げ捨てるつもりだな」

と予想がついた。

するとそこへ、深編笠を被った三人の浪人者が現れ、源之助の前に立ち塞がった。

浪人者は無言のまま刀を抜いた。

運ばれてゆく荷車を追わなければならないが、それどころではない。刀を握り直して立ち止まった。一対三の争いだ。

「くたばれ」

一人が打ちかかってきた。源之助はぎりぎりまで引きつけてから、刀身を払い上げた。次の攻めには転じず、横にいたもう一人に切っ先を向けた。

二の腕を突く狙いだ。

意表を突いた攻めだから、相手は慌てた。どうにか源之助の切っ先を躱《かわ》したが、その動きは織り込み済みだった。

「たあ」

角度を変えて振り下ろした源之助の一撃は、相手の首筋を斬っていた。

すぐに、残る二人に体を向けた。

このときには、突き出された敵の刀身はすでに目の前にあった。相手の脇に回り込みながら、切っ先を払った。

しかし目の前には、もう一人の浪人者の切っ先があった。肩先を目指す動きだ。

源之助は、後ろに下がりながら刀身を撥ね上げた。しかし直後に、横からの一撃が迫ってきた。

もう一度後ろに跳んだが、敵の切っ先に袂を斬られた。

二つの切っ先が迫ってくる。一つを払っても、次の切っ先が迫る。敵の二人の息は合っていた。反撃どころか、明らかに追い詰められた。

「やっ」

ほぼ同時に、二つの切っ先が突き込まれてきた。一つは首筋、もう一つは心の臓だった。避けられるのは一つだけだ。

「くそっ」

いよいよ終わりだと覚悟を決めた。

ともあれ心の臓を突く一撃を避けるべく、刀を払った。

手に刀身がぶつかり合う衝撃が伝わってきた。しかしもう一つの切っ先を撥ね上げることはできなかった。

けれどもそこへ、刀が横から突き出された。首筋を狙う一撃を、撥ね上げたのである。

「ああ」

助勢だった。深編笠を被った、旅姿の侍だ。

源之助は、心の臓を狙ってきた侍と対峙した。もう一人には、現れた深編笠の侍が切っ先を向けた。

浪人者が一人だけならば、手強い相手ではない。しかも相手は、いきなりの助勢に慌てている。

源之助は心の臓を狙って切っ先を前に突き出した。気持ちが荒ぶっていた。二人攻めしてきた敵への怒りがあった。

相手は源之助の一撃を躱したが、攻めはそれで終わりではない。角度を変えて、肩から袈裟《けさ》に刀身を振り下ろした。

「うわっ」

相手は血飛沫を上げて倒れた。返り血を避けた源之助は横に跳んだ。浪人者はそのまま前のめりに倒れた。

源之助は助勢に入った深編笠の侍に目を向けた。侍も浪人者の二の腕を、裁ち割ったところだった。刀が宙を舞って、地べたに突き刺さった。斬られた浪人者は、叫び声を上げながら尻餅《しりもち》をついた。

ここで助勢に入った侍は、深編笠を持ち上げた。

「正紀様」

源之助は声を上げた。一瞬目を疑ったが、間違いなかった。

「急げ」

正紀が言った。鰯の荷車は引かれてしまっている。

「こっちだ。こっちだ」

叫ぶ者がいた。房太郎だった。

指さした方向へ、源之助は走った。海面から高い位置にある切り立った岩場を目指す。その岩と岩の間に、奪われた荷車が停められていた。

荷を引いてきた破落戸二人が倒れている。荷車の脇に立っていたのは、巨漢の植村だった。

「荷を引いてきたやつは他にもいたが、逃げられました」

植村は申し訳なさそうに言った。

「とんでもない。助かりました」

荷車一台分の鰯を失わずに済んだ。正紀と植村に救われるという展開は、思いもよらないことだった。

第五章　船の行方

一

「危ないところを、かたじけなく存じます」

　正紀に急場を救われたことについて、源之助は礼の言葉を口にした。ただこの場に正紀が現れたことについては、驚いているらしかった。

　正紀は、まず江戸の状況を伝えた。源之助からの文を読んで、銚子へ来ようと判断した旨を話した。

「その方は、すでにここにいないと考えたゆえな」

「申し訳ございません」

　源之助は詫びた。

「いや、これでよかった。その方と房太郎がいなければ、鰯は守れなかった」

正紀は返した。

そこへ漁師を伴った番頭ふうが駆けつけてきた。奪われた荷車が無事だったことを知って、安堵のため息を吐いた。

「こちらは高岡藩のそれがしの上役でござる。危ういところをお助けいただきました」

と伝えた。そして番頭ふうが、松岸屋の次助だと知らされた。

「お陰様で助かりました」

「うむ。植村と共に銚子へ着いて、飯貝根へ向かって来た。そこで騒ぎに遭遇した。荷車を奪って逃げる者たちを追う源之助を目にして、後に続いた」

出会った状況を伝えた。

「他の荷車は、無事でございました。狙いは、しんがりの荷車だったようで」

次助は言った。行く手を阻んだ者の多くは、企みが失敗すると、その場から逃げたそうな。しかし怪我をして逃げられず、捕らえることができた者もいたとか。

源之助の追跡を邪魔した浪人者三人のうち、二人は命を失っていた。二の腕を斬った者は、地べたで呻いている。

正紀は、腕の止血をしてやってから問いかけた。溢れ出た血が、袖を濡らしている。

「誰に頼まれたのか。それを話せば、命だけは助けてやるぞ」

浪人者は痛みで顔を歪めながら口を開いた。

「わ、分からぬ。上流の小見川《おみがわ》河岸で、初めて見る商人ふうから、声を掛けられた」

銭で雇われたのである。鰯を積んだ荷車を奪えば、一両出すと告げられた。三人の浪人者は、警護をしている侍を襲えと指図されたとか。

植村が殴り倒した破落戸にも問い質しをした。拳で腹を突かれ、肋骨《あばらぼね》が折れているようだ。やっと声を出した。返答は、浪人者とほぼ同じだった。

おそらく初めに襲撃をした者たちも、銚子には縁がなく、銭で雇われただけだろうと考えられた。

「江戸で正森様が襲われたときと、重なりますね」

源之助が言った。

「波崎屋の仕業《しわざ》です」

「銚子役所へ突き出しても、どうにもならないでしょうね」

次助の言葉に、房太郎が続けた。悔しそうに唇を嚙んだ。

「ろくに調べもしないで解放するだろう」

「いや、それどころか、いわくのある鰯ではないかと難癖をつけて、取り上げようとするかもしれません」

次助の言葉からは、郡奉行納場帯刀の悪辣さが伝わってきた。正紀は、襲ってきた者たちを、そのままにすることにした。

「このままでは済むまい」

という気持ちはあったが、今の段階ではどうすることもできない。

ともあれ荷車を引いて、松岸屋へ向かった。荷の到着を待っているはずだった。

歩きながら正紀は、源之助と房太郎から事の成り行きについて聞いた。

「甲子右衛門が、納場の脅しに屈しなかったのは、何よりであった」

「正森様の後ろ盾があってのことでございます」

「うむ」

源之助は、正森を認める言い方をした。

正森に対する気持ちが、江戸にいたときと微妙に変わっていた。親しくなった気配はないが、近くにいて何かを感じたのだろう。

松岸屋に着くと、鰯はすぐに作業場へ運ばれた。正紀は、まず千代と作左衛門と面会をした。

「危ないところを、お助けくださいまして」

この二人には名を告げた上で、身分も伝えた。それでなければ話が進まないと考えたからだが、銚子入りは極秘なので、口外はしないようにと依頼した。

「畏まりました」

二人は頭を下げた。襲撃のことは、すでに知らされていた。その上で正森に目通りすることになった。

「ここまで、何をしに参ったのか」

荷車を救ったことは知らされているはずだが、礼の言葉はなかった。望まぬ訪問を受けた顔だった。

井上家の者に見せたくない暮らしの場なのに違いない。

「それがしは江戸のお鴇殿より、〆粕十貫を銀二十二匁で六百貫買いましてございます」

「ふん」

すでに知っている様子だった。お鴇から、文が来ているのだろう。

「郡奉行納場と波崎屋には、悪巧みがあると知りました。当家が買った〆粕を、守らなくてはなりませぬ」

これを銚子までやって来た理由にした。正森のことには触れない。

「勝手にいたせ。しかしな、どれほど値上がりをしても、十貫を銀三十二匁よりも高値で売ってはならぬ」

これはここまで来る道すがら、房太郎から聞いていた。

そうなると十両の利だが、全額が藩には入らない。肩衝茶入を取り返すには一両の利息がかかるので、実際の利は九両になる。

「では〆粕ができるまで、松岸屋にお泊まりくださいませ」

千代が言った。正紀と植村は千代の言葉に甘え、源之助らと共に松岸屋へ逗留することになった。

「できた〆粕千俵は、どういたすのであろうか」

正紀は千代に尋ねた。今頃は、十貫で銀三十匁を超えているだろうと話した上でだ。

「江戸へ運びます。値上がりはしばらく続くでしょうが、千俵でも安い品が出れば、多少は値上がりも鈍りましょう」

「船はいつ出るのであろうか」

「すでにできたものもあります。五日後に、銚子を出る五百石の船に載せます」

〆粕が作られる途中で出る魚油も、同じ船に載せるとか。濱口屋ではなく、磯貝屋《いそがい》という船問屋の船だそうな。

「江戸で引き取るのは、お鴇と蔦造のところだな」

「さようです」

連絡は文によるやり取りか、正森が直接江戸へ出るのかは分からないが、詳細が伝わるのは早そうだった。頻繁なやり取りがあるのに違いない。

そこで正紀は、千代がお鴇のことをどう思っているのかを考えた。付き合いの長さでは、千代の方がはるかに長い。

千代もお鴇も、正森のことを大事にしている。そして互いの存在を認めているようにも見えた。

二人はそれなりの年を生きてきた、おとなの女だ。正森がどうでもいい気持ちで関わっていたら、それに気付くだろう。正森はどちらにも、裏のない心をもって接しているのだと察した。

「これから銚子役所と波崎屋の様子を見て来よう」

正森との面談を済ませてから、正紀は言った。せっかく出向いて来た、銚子の町や湊も歩いてみたかった。

源之助と房太郎が案内した。

まず銚子役所へ行った。四半刻、様子を窺った。納場の顔を見たかったができなかった。ただ内橋の顔は確かめられた。

次は波崎屋へ行った。ここでは太郎兵衛の顔を目にすることができた。仁之助の姿もあった。

二

翌朝、正紀は源之助や植村、房太郎と共に、鰯を積んだ荷車の後を歩いて襲撃者に備えた。この日で、千俵が運び終わることになる。

「さすがに、今日は来ませんでしたね」

最後の荷車が松岸屋の門を入ったところで、房太郎が言った。ことは少しずつ進んでゆく。

それから正紀と植村は、作業場と納屋を見た。源之助が説明をした。五つの釜からもうもうと上がる湯気は壮観だった。においは仕方がなかった。

納屋にはすでにできた俵が積まれている。樽に詰められた魚油も、高く積まれていた。

「ここを襲うことは、あるでしょうか」

源之助が言った。その虞は、ないとはいえなかった。

「しかし奪うとなると、手間がかかるぞ」

陸路では、すぐに追いつかれる。船を使うにしても、運び入れなければならない。

二人や三人でできることではなかった。

「奪わなくてもいい。松岸屋に損害をかければいいというならば、手はあります」

「付け火だな。確かにそれならば、手間はかかるまい」

正紀は、積み上げられた魚油の樽に目をやった。下手をすれば大火事になる。小火《ぼや》でも、後で納場が出てきて、出火の不始末を責められそうだ。

「警固《けいご》は、念入りに行わなくてはなるまい」

特に肝心なのは、火の番だ。作左衛門と打ち合わせた。

「夜の間は、交代で寝ずの番をさせましょう」

話を聞いていた千代が言った。

その後で正紀は、次助と房太郎を伴って、船問屋の磯貝屋へ向かった。源之助と植村は、作業場の警固に当たらせる。

磯貝屋は、松岸屋が荷を江戸へ運ぶときに使っている船問屋だった。〆粕と魚油を運ぶ荷船の打ち合わせをするというので、ついて行くことにした。

正紀は道々、正森の銚子での暮らしぶりについて、次助に尋ねた。

「商いについては、肝心なところでのお指図はなさいます。でもおおむねは千代様と旦那様がお決めになります」

もともと店も作業場も、二人のものだ。正森は相談役といった役目らしかった。

「では日頃は、何をなさっているのか」

日向ぼっこで一日を終える人物とは思えない。

「海や川へ釣りに行かれます」

「釣りが好きだという話は、聞いたことがあるぞ」

「月に数度は、甲子右衛門さんや漁師たちと酒を飲みます。なかなかお強いですよ」

奔放に過ごすことができるならば、江戸屋敷や国許の陣屋になど、寄りつくはずがなかった。羨《うらや》ましいような暮らしだ。

磯貝屋では、番頭が相手をして、荷の輸送について次助が打ち合わせをした。江戸へ運ぶ荷は、二日後に調う。その翌日の船に載せるという話になっていた。次助はそれを確認した。

「〆粕は千俵で、魚油の一斗樽も二百樽載せると伺っています。五百石積みの船を用意いたしました」

まずは関宿まで運び、そこで一泊して江戸行きの船に積み替える。納屋の手当ても済ませたそうな。

松岸屋には、前の鰯で拵えた〆粕や魚油もある。それらは、江戸ではないところで売るらしい。

二人の番頭は、こまごまとした打ち合わせを始めた。それを聞きながら、正紀ははっと気が付いた。

「江戸への荷運びの段取りを、波崎屋の者は知っているか」

という点である。荷を積む様子を見れば分かるだろうが、段取りを知っていれば、何かの企みができるはずだ。

そこで次助との打ち合わせが済んだところで、正紀は磯貝屋の番頭に問いかけた。

「〆粕を運ぶ船について、尋ねてきた者はいなかったか」

「いえ。おりませんでした」

番頭は答えた。

「しかし松岸屋の荷を運ぶことは、手代や小僧、場合によっては船頭なども知っているのではないか」

「それはそうです」

正紀は、集められる奉公人をすべて呼んでもらった。〆粕輸送について、誰かに尋ねられたことはないかと訊いたのである。

「私が訊かれました」

手代の一人が答えた。何か悪いことをしたのかといった、恐縮した顔だった。

「相手は誰か」

「波崎屋の太郎兵衛さんです」

やはり、と思った。

磯貝屋では、波崎屋の荷も運んでいる。太郎兵衛は顧客の一人だった。何かの話のついでに尋ねられ、軽い気持ちで話してしまったらしかった。

「まずかったでしょうか」

おどおどしている。

「いや」

黙っていれば済むことだが、事情を知らなかったわけだから、仕方がない。何をしでかすかは分からないが、波崎屋や納場らは、〆粕輸送について詳細を知ったことになる。

問いかけられたのは、昨日のことだそうな。

正紀は、房太郎だけを伴って波崎屋へ行った。店の様子を、離れたところから窺った。

「太郎兵衛はいますが、仁之助がいませんね」

房太郎が言った。

そこで水を撒きに道へ出てきた小僧に、小銭を与えて尋ねた。

「仁之助さんは、風邪を引いて寝ています」

思いがけない返答だった。昨日は、店にいる姿を見た。具合が悪そうには感じなかった。

「前からよくなかったのかね」

「いえ。昨日の夜から、具合が悪くなったようで」

信じ難い話だった。そこで隣の乾物屋へ行って、店先にいた手代に房太郎が尋ねた。

「波崎屋さんの客人ですが、今日は姿を見たでしょうか」

「ああそういえば、朝方に旅姿で河岸場の方へ行きましたよ」

目に留めていたのは、幸いだった。

「波崎屋の小僧は、誰かに尋ねられたらそう答えろと命じられていたのだろうな」

乾物屋を出たところで正紀は言った。仁之助の行方を、隠したことになる。

そこで河岸場へ行った。二百石船が、瓦《かわら》を積んでいた。積み終わったところで、房太郎が人足の一人に尋ねた。

「朝方、川を上る荷船はありませんでしたか」

「ああ、あったよ。醬油樽と鮪を積んだ船が一艘ずつだ」

行き先を訊くと、醬油樽は江戸で、鮪は北浦の河岸場だと教えられた。仁之助が北浦へ行く必要はない。

「江戸へ帰ったな」

と判断した。

聞き込んだことについては、松岸屋へ戻って源之助や植村、そして千代を通して正森にも伝えてもらった。正森は、何も言ってこない。

「荷船を変えたいところですが、それはできません。乗り継ぎをすり合わせています。次の船となれば、六日後です」

作左衛門が言った。

「となると、値はますます上がっているな」

それは好ましくない。

「運ばれる〆粕や魚油を、江戸で奪おうというのでしょうか」

「不逞《ふてい》浪人や破落戸を集めて、襲ってくるのかもしれません」

植村と房太郎が続けた。否定はできない。

「父上に文を書いて、到着する河岸場に藩士を潜ませましょう」

源之助の進言だ。できれば藩士は使いたくないところだ。しかし佐名木ならば、必要な対策を取るだろうと思った。

江戸へ文を送った。

正森が、正紀や源之助らに話しかけてくることはない。釣りに行くこともなく、部屋で過ごしていた。

万一狼藉者が現れたら、一人で討ち払うつもりらしかった。正森なりに、状況は踏まえている。

夜は警戒を怠《おこた》らない。警固の者の部屋の明かりは、灯したままにした。まだ起きていると敵に伝えるためだ。ただ作業場は大きいから、裏手は部屋からは見えない。

一刻ごとに、二人で組んで回った。

正紀も、警固の仲間に加わっていた。

明かりを灯して一回りした後で、浜辺に出た。ここには明かりは持ってきていない。だが〆粕を干しているあたりでは、見張りの者が火を焚《た》いているのが遠くに見えた。

空には、満天の星が輝いている。潮騒の音を聞きながら、京と孝姫のことを考えた。二人はもう、寝息を立てていることだろう。その姿を頭に思い描くと、それだけで気持ちが穏やかになった。

作業場は、大きな黒い塊のように見える。正紀はその塊に近づいたところで足を止めた。

闇の中に、何かが動く気配があった。

「何やつだ」

声を上げた。腰の刀に手を添えて駆け寄った。人が潜んでいるのは明らかだった。

すると黒い二つの影が、作業場の軒下から飛び出した。それぞれ違う方向へ駆けて行く。

追いかけようとして、何かを蹴飛ばした。石にでも当たったのか、がしゃりと割れる音がした。

酒徳利だと気が付いた。

菜種油のにおいがした。付け火をしようと、賊が様子を見ていたのだと分かった。

正紀の声で、寝ていた者が起きてきたので事態を伝えた。

「油断がなりませんね」

割れた酒徳利を提灯で照らしながら、源之助が言った。

三

二人の賊を捕らえられなかったのは惜しかった。千代と作左衛門も起き出してきた。

「危ないところでございました」

「これからは、作業場の中にも寝ずの番を置きましょう」

千代と作左衛門は、正紀に頭を下げた。魚油に火が燃え移ったら、とんでもないことになる。

菜種油の入っていた酒徳利の破片を集めて、明るい部屋で検めた。貸し徳利に文字が彫られていた。

「これは飯沼の枡屋《ますや》という小売り酒屋のものです」

検めた次助が言った。名の知られた酒屋だそうだ。翌日正紀は、房太郎に徳利の破片を持たせて、枡屋へ出向いた。

「徳利の借り手から、付け火を命じた者が炙《あぶ》り出せるといいんですがね」

房太郎は言った。

枡屋では、中年の番頭が相手をした。理由は告げなかったが、徳利の破片を見てもらった。

「これはうちで貸し出した徳利ですが、もう十年以上も前のものです。今は柄を変えています」

番頭は丁寧に欠片を検めてから口にした。使わなくなったとき、欲しい者には与えた。しかしそれらが、誰の手に渡ったかまでは分からないそうな。

「容易《たやす》く正体が割れるようなものは、使うわけがないな」

正紀は呟いた。銚子役所と波崎屋を覗いたが、変わりはなかった。

〆粕作りは、順調に進んだ。

昼夜の警固も怠らなかった。不審な者は現れなかった。

半日だけ雨に降られたが、あとは晴れた。出航予定の前日には、千俵の〆粕と二百樽の魚油が出来上がった。

積み上げられた俵は、壮観だった。

輸送の朝となった。この日も晴天。多数の荷車が集まった。すでに魚油二百樽は、船着場脇にある倉庫に移していた。ここには、甲子右衛門の網子が交代で番についていた。

〆粕千俵は、松岸屋から船着場へ運ばれる。次助が事前に手配した人足が、荷車を引いて現れた。人足たちは、長く松岸屋の仕事をしている土地の者たちだった。

旅姿の正紀、源之助、植村、房太郎、そして正森が一行に加わる。この他次助が、荷と共に江戸まで向かう。

〆粕の俵が、荷車に積まれた。荷車が引かれてゆく。警護には甲子右衛門の網子も加わった。万全の態勢といっていい。

「昼日中、これだけの警護がいたら、いくら何でも襲ってはこないでしょう」

植村が言った。

荷車は無事に船着場へ到着した。すでに江戸からの荷を下ろした五百石船が、着岸していた。魚油樽は積み込まれ、〆粕の到着を待っていた。

「運ぶぞ」

声がかかった。俵が、荷船に運び込まれる。

もうじき積み終わりそうになったとき、運ぶ途中で姿を消していた房太郎が戻ってきた。

「波崎屋は商いをしていますが、変わった様子はありません。太郎兵衛は、帳場で算《そろ》盤《ばん》を弾いていました」

と正紀に報告した。

〆粕の出航は分かっているはずだから、何か企むかと考えた。しかしその気配は、今のところなかった。

場合によっては、後から別の舟で追って来るかもしれないが、そこまでは分からない。

「企むとしたら、江戸でか」

仁之助は、すでに銚子を出ている。その可能性は大きかった。源之助は、父の佐名木に事情を伝える文を送っていた。返事はまだ届いていないが、佐名木なら手抜かりなく態勢を整えてくれているだろう。

「江戸での対決か」

と考えると、腹の奥が熱くなった。

荷がすべて積み込まれたところで、正紀らも乗り込んだ。千代や作左衛門らに見送られて、荷船は出航した。

船着場が、遠くなってゆく。大きな町だと感じたが、徐々に小さくなり、今では土手の緑の向こうに見え隠れしている。船は白い帆を上げた。帆は風を孕《はら》んで弧を描く。眩《まぶ》しいくらいの白さだった。

「川は、常の流れです。航行に支障はありません」

次助が言った。

正森は船首に立って、川上を見つめていた。誰かに話しかけるわけではなかった。話しかける者もいない。

船は、次々に現れる河岸場を通り過ぎる。何艘もの大小の荷船とすれ違った。大型船だから、往路よりも揺れは少ない。

房太郎は手拭いで鼻と口を覆っている。船端に手をかけたままだったが、船酔いはしていない様子だった。

二刻（四時間）ほどしたところで、左岸の彼方に高岡河岸が見えてきた。荷船が着いたところらしく、百姓が荷下ろしをしていた。

下り塩の俵だ。下り塩と淡口《うすくち》醤油は、この河岸場に置かれる物品の中心となっている。

正森は、その様子に目をやっていた。正紀は近づいて声をかけた。

「高岡は、よい土地にございます」

すると正森は、急に何を言い出すのかという目を向けてきたが、正紀は構わず続けた。

「丘や木々、道端の草々に至るまで、馴染みのものとなりました。それがし、婿に入って四年目となりまする」

「何を言いたいのか」

不機嫌な声だ。

「それがしでも思いが募《つの》りますゆえ、大殿様におかれましては、ひとしおかと」

五十一歳で隠居をして、藩とはほぼ関わりを断った。それは婿に入った正国や尾張藩に遠慮をしたとか、厄介に感じたとか、さらには貧乏藩に嫌気が差したからだと様々に言われた。

何も語らないから、本当のところは分からない。ただ藩や領民に、何の思いもないとは感じなかった。

〆粕の値上がりを嫌がった。そのわけは、最後には負担が百姓にかかるからだと告げたという。その百姓については、高岡藩領内の村が頭にあるのは間違いない。

小浮森蔵と名乗ったというが、小浮は高岡藩内の村の名だ。気持ちがなければ、偽名であっても使わないだろう。

「百姓たちは田を耕し、河岸場の荷を運びます。運ぶことで、日銭を得ております。たとえ五文でも十文でも、あの者たちにとっては暮らしを支えるものとなります」

「…………」

「今後、〆粕や魚油を運ぶ折に、高岡河岸をお使いいただけないでしょうか」

藩も百姓も潤《うるお》う、というつもりで言った。

〆粕や魚油はにおうから、納屋に他の品は入れられない。しかし確実に使われるならば、古材を集めて新たに一棟を建ててもいいと考えていた。

「わしは、高岡藩の政には関わらぬ」

そっけない返事だった。話を聞いて、思案《しあん》した様子もなかった。

そっぽを向いたのは、これ以上話しかけるなということだと感じた。河岸の利用は政ではないが、それを口にすることはできなかった。

気が付くと高岡河岸は、通り過ぎていた。

荷船は取手河岸に停まり、わずかに休憩した。船頭や水手たちは茶を飲み、売り子から饅頭《まんじゆう》や団子を買って食べた。

正紀らは交代で小用を足しただけで、見張りを行った。

再び出航する。流れの激しい場所もあり、そのときには、房太郎は船端にしがみついた。

「早く関宿に着いてほしいです」

青白い顔で言った。

荷船が向かって行く先で、朱色になった日が落ちた。荷船が関宿に着いたのは、夜もとっぷり更けた四つ（午後十時）過ぎになってからだった。

篝火《かがりび》が灯っていたが、周囲は闇だった。

房太郎はふらつきながら、ほっとした顔で船から降りた。

荷は、明日の朝いったん納屋に入れて、昼過ぎに出る江戸行きの荷船に載せ替える。

「ここまでは、何もありませんでした。ならばやはり江戸ででしょうか」

植村が言った。航行中にこちらの荷船に乗り込んでくるのではないか、ということも考えたと付け足した。

正森と正紀たちには、船着場近くに宿泊場所が用意された。船室には、船頭や水手たちが寝る。

「何があるか分かりません。交代で番をいたしましょう」

源之助の申し出はもっともだ。正紀と源之助、植村と房太郎、次助の五人は、二人ずつ交代で船中にいることにした。

万一に備えてだ。声を上げれば、他の者が起き出してくる。もちろん正森も寝てはいないだろう。

「俵を盗み出すのは、重い上に嵩があり容易なことではありません。あるとすれば、付け火かもしれません」

房太郎が言った。火矢でも射られてはたまらない。船着場周辺にも気を配らなくてはならない。甲板に小さな明かりを灯し、龕灯《がんどう》も用意した。

四

まず見張りの番についたのは、源之助と房太郎だった。房太郎はひ弱だが、自分は役に立つと常々口にしていた。

「夜目も利きます」

丸眼鏡をかけている。目は悪いのではないかと思うが、勘が鋭いのは誰もが認めていた。

「闇に包まれれば、目のよい人も私も同じです。気付くという点では、私の方が上です」

明るいうちは水手や人足たちで賑わう船着場だが、今はしんとして闇に覆われている。周辺の建物で、明かりを灯しているところはなかった。

聞こえるのは川の流れる音と、野良犬《のらいぬ》の遠吠えくらいのものだった。

二人が見張りとして立った場所は荷運びをするところで、渡りの板は外されている。そこからだと、船着場が見渡せた。

明かりが届かない隅々まで、龕灯で照らしてゆく。

甲板には、俵が積まれている。したがって反対側の船端は見えない。向こうは川だが、折々そちら側も照らした。

船は絶え間なく小さな揺れを繰り返していた。眠りを誘ってくる。

何事も起こらないままに、夜九つ（午前零時）あたりになった。慣れない船旅で、房太郎は疲れたらしい。しゃがみ込んだ。うとうとし始めた。

とそのとき、俵の積まれた向こう側の船端で何か音がした。小さな音だったが、気になった。

房太郎は船を漕いでいる。起こすのも気が引けて、源之助は龕灯を手にして俵を回って、荷の反対側へ行った。

何もない。龕灯で照らした。

「おや」

拳大の石ころが一つ落ちていた。前に見廻ったときにはなかった。何だと思ったとき、どきりとした。何もなくて、船の甲板に石が飛んでくるわけがない。

急いで俵を回って元の場所に戻ろうとした。

「おお」

一瞬体が固まった。いくつもの黒い影が、船着場から板を渡して船に乗り込んできていた。

房太郎はと見ると、黒装束の男に体を押さえつけられ、口を布で塞がれていた。屈強な腕で押さえ込まれては、房太郎は手足をばたつかせるばかりだ。声を上げることもできないでいる。

うとうとしている間に忍び込まれ、押さえつけられたのだろう。これでは夜目が利いても意味がない。

乗り込んできたのは、侍数人と破落戸ふうだ。皆が、顔に布を巻いている。

「動くな。声を出すな。騒げばこやつの命はないぞ」

と刀を抜いた侍が、切っ先を房太郎の喉元に突きつけた。房太郎は、恐怖で体を震わせている。

「おのれっ」

源之助は、刀を抜くこともできなかった。相手の動きは、早かった。石の音も、誰かが舟で向こう側に回り投げたに違いなかった。

十人ばかりが乗り込むと、板が外された。侍が三人で、あとは町人だった。身ごなしから破落戸に見えるが、そうでない者もいた。

「何ごとだ」

足音に気付いて、船室で寝ていた水手の一人が出てきた。侍の一人が駆け寄り、抜いた刀の切っ先を水手の首に押し当てた。

「船を出せ」

と命じた。

「くそっ」

源之助は、怒りに体が震えた。やつらは船ごと、〆粕と魚油を奪おうとしていた。荷を奪うよりも、手っ取り早い。

船室から連れ出された船頭や水手たちは、脅しに屈するしかなかった。それぞれが持ち場についた。

乗り込んだ者たちが、刃物を手に脅しをかけている。

「腰の刀を捨てろ」

源之助は命じられた。

「ぼやぼやするな」

迷っていると、水手の首に当てられた切っ先がわずかに動いた。そこから血が滴《したた》った。脅しではないと伝えていた。

龕灯を甲板に置くと、縄をかけられた。房太郎も縄をかけられていた。源之助の腰の刀も鞘ごと引き抜かれた。

荷を積んだままの船が、船着場から離れた。甲板の明かりを小さくして、闇の利根川を下ってゆく。

おそらく賊は、自分と房太郎が見張りのときを狙ってきたのだと察した。房太郎が居眠りを始めたのは、好都合だったに違いない。

正森や正紀を相手にするのは面倒だと感じたのだろう。

運ばれる先の見当はつかない。半刻ほど川を下ったところで、船が停まった。篝火が置かれた船着場があった。

屋があって、すでに戸が開けられていた。

そこには旅姿の商人ふうが、顔に布を巻いて立っていた。手で合図をしている。納屋があって、すでに戸が開けられていた。

艫綱がかけられ、板が渡された。再び房太郎と水手一人の首に、刀の切っ先が突きつけられた。縄尻を摑んでいるのは、どちらも侍だ。

賊の一人が、俵にかけられた縄を長脇差で切った。

「荷を運べ」

賊は源之助と船頭、他の水手に命じた。縄が解かれても、人質がいる以上、逆らうことはできない。俵を担った。

荷運びには、襲ってきた破落戸たちも加わった。声を上げる者もないまま、荷運びは続けられた。

この場所がどこかは分からない。篝火が置かれた船着場は見て分かるが、その向こうは闇で、この場所を示すものは何も見えなかった。

源之助は荷を運びながらも、商人と侍に目をやり、体つきに注意を払った。乗り込んできた侍の一人は内橋庄作、そして町人は太郎兵衛、船着場で待っていた商人ふうは仁之助だと判断した。

早々に銚子を出た仁之助は、ここで荷を奪い取る支度を調えていたことになる。船ごと奪えば、運ぶ手間は省かれる。

「ぼやぼやするな」

侍の一人が、動きのよくない水手の尻を蹴飛ばした。力がこもっていて、俵を担っていた水手は、その場に倒れた。

勢いで、地べたに叩きつけられた俵の一部が裂けた。飛び出した〆粕が地べたに散った。

「おのれ」

侍は腹を立てたらしい。倒れた水手の体を蹴った。肉を打つ鈍い音が響いた。荷を運ぶ者たちは、足を止めてその様に目をやった。

止めに入りたいが、できない。

「さっさと運べ」

商人ふうが叫んだ。

荷運びが、再開された。川の流れる音と足音、篝火の爆《は》ぜる小さな音だけが、あたりに響いた。〆粕の俵が、これまでになく重く感じられた。

「下ろし終わったら、皆殺しにされる」

源之助は胸の内で呟いた。それは間違いない。

何とかしたいところだが、房太郎と水手の二人が人質に取られている。反撃の糸口が見当たらなかった。

五

闇の奥から、何かが動く気配を察して正紀は目を覚ました。襖一枚隔てただけの隣室では、正森が寝ている。その気配ではなかった。

胸騒ぎがあって、正紀は起き上がった。すると隣でも、人が起きる気配があった。

「現れたな」

正森の声がした。意思のあるはっきりした声だ。

「はっ」

答えたときには、枕元の刀を握りしめていた。さらに隣の部屋には植村が寝ていた。襖を開けその体を足で蹴ってから、外へ飛び出した。

夜の川風が、船着場を吹き抜けてゆく。

「おおっ」

〆粕を積んだままの五百石船が、今にも出航しようとしているところだった。正森と正紀は船着場へ駆け寄った。

起こされた植村も、後から駆けて来る。

しかし目指す船は、船着場から離れた。船上にいるはずの源之助や房太郎からは、何の合図もして寄こさなかった。できない状況に陥《おちい》っているようだ。

荷船は闇の川下へ向かってゆく。

「追うぞ」

正森が命じた。船着場に出た。ぼやぼやしていたら、五百石船でも闇に呑み込まれてしまう。

隣の船着場に、小舟が舫ってあった。

「あれで追いましょう」

正紀が駆け寄って乗り込むと、正森も続いた。艫綱を解いて出ようとしたところで、植村が追いついた。三人で、川を滑り出た。植村が艪を握った。

川の流れは、思いがけず速い。五百石船が、闇の向こうに隠れようとしていた。勢いがついている。

「急げ」

正紀が声を上げた。一度見失ってしまったら、幅の広い利根川では二度と捜し出せなくなる。

小舟は上下に揺れる。あまりにも激しく揺れて、ばさりと水を被った。

「ああ、船が見えなくなった」

艪を握る植村が、悲鳴のような声を上げた。揺れで目がそれて、船影を見失ったらしい。正紀も、船尾を目で追えなくなっていた。

「向こうだ。このまま漕げ」

船首にいた正森が指さした。指が示す先に目を凝らすと、かろうじて目指す船尾が見えた。歳を感じさせない、驚くべき眼力だった。

半刻ほど川を下ったところで、目当ての船は船着場へ停まった。船着場には、篝火が焚かれていた。旅姿の商人ふうが、手で合図をしている。

正紀の舟は、近くまで行って土手の傍に寄せた。闇が姿を隠してくれているのは幸いだった。

見ていると、房太郎と水手が人質になっているのが分かった。源之助や船頭らが、俵を下ろし始めた。扉が開いている納屋に納めるつもりらしい。

「荷を入れた後は、船を利根川に流してしまえばいい。ここを捜し出すことはできませんから」

「あとは皆殺しだな」

植村のささやきに、正紀は続けた。

明日以降に、何食わぬ顔で〆粕は売ればいい。松岸屋に打撃を与えるだけでなく、向こうは大儲けとなる。数日置けば、さらに値上がりする品だ。

しかしこのまま荷下ろしをさせるわけにはいかない。まずは人質の二人を、やつらから離さなくてはならなかった。

「行くぞ」

正森が言った。刀に差し込んである小柄《こづか》を抜いた。それで正紀は正森の意図を汲み取った。

「おまえは、あの者だ」

房太郎に刃を向けている者を狙えと告げていた。頷いた正紀も、小柄を抜いた。機会は一度、外すわけにはいかない。

そろそろと近づいた。捕らわれた二人さえ解放すれば、源之助や水手は戦うはずだった。

「やっ」

正森が小柄を投げた。間を置かず、正紀も続いた。

「わっ」

正紀の小柄は、刀を手にした右の二の腕に刺さった。いきなりの襲撃だ。致命傷ではないが、仰天したらしかった。慌てて小柄が飛んできた方向へ目を向けた。しかしそのときには、正紀は闇を動いていた。

正森の投げた小柄も、侍の小手に刺さっている。

二人の侍は慌てたようだ。捕らえていた水手と房太郎を放した。

「逃げろ」

叫びながら、正紀は侍に駆け寄った。刀を抜いている。

水手も房太郎も縛られてはいたが、足に縛《いまし》めはなかった。逃げるだけならばできるはずだ。

侍が手を離した直後、水手と房太郎は、初めは何が起こったか分からない様子だった。しかし正紀の声を聞いて、駆け出した。

振り向きもしないで闇に駆け込んで行く。

侍は二人を追おうとしたが、正紀と正森がそれぞれに立ち塞がった。植村は、俵を担う源之助のもとへ駆け寄った。俵を受け取ると、腰の刀を鞘ごと抜いて手渡した。

受け取った俵を、指図をしていた破落戸に投げつけた。

俵を投げつけられた破落戸は、俵ごと体が飛んで尻餅をついた。

「ぎえっ」

「おのれっ」

いきなりの闖入者《ちんにゅうしゃ》に、当初は驚いたらしかった。しかし正紀に対峙した侍は、刺さった小柄を抜くと、刃を向けてきた。もう房太郎を追う気持ちはなくしている。しかし傷ついた腕を、気にする気配を見せた。

「たあっ」

侍が斬り込んできた。構え合ったのは、短い間だけだった。振り上げられた刀身が、斜めに正紀の首筋めがけて落ちてきた。安定した体で、ぶれがない。

正紀は前に出ながら、この刀を撥ね上げた。そのまま相手の左肘《ひだりひじ》を突こうとしたが、逃げられた。

こちらの動きを察していた。

すぐに相手の切っ先が正紀の肩を襲ってきた。無駄のない動きだ。いつの間にか体の左側に回り込んでいて、反撃しにくい体勢を取っている。

攻めに転じようとしていた正紀だが、その一撃は受けなくてはならなかった。鎬《しのぎ》で払った。

刀身が擦れ合って、押し合いになった。

相手には膂力がある。押し返そうとしたが、及ばない。正紀はわずかに引いた。それで体勢が微妙に崩れた。

「死ねっ」

押してきていた刀が、いきなり離れた。次の瞬間、切っ先が喉元を突いてきた。瞬く間に刀身の向きが変わっていた。

正紀はその一撃を下へ払うと、斜め前に出た。刀を一度引いてから、近づいた相手の小手を目指して突いた。

距離としては充分だったが、目の前にあったはずの相手の小手が、あっという間に見えなくなった。正紀の切っ先は、空を突いただけだった。

慌てて相手の刀を探す。

風を斬る音がした。ごく近くだ。見ると目の先数寸のところから、切っ先が迫ってくる。

「ああ」

これで終わりかと思った。構え直す暇がなかった。

しかし相手の動きに無理があったのかもしれない。刀身の動きに乱れがあった。

「とう」

侍の刀身を撥ね上げた正紀の刀は、相手の肘を突いた。

「ううっ」

手応えがあった。相手の体がぐらついた。正紀は刀を峰にして、相手の肩を打った。骨の砕ける手応えがあった。相手はそのまま、前のめりに倒れた。

正紀は、周囲に目をやる。正森は、相手の侍を斬り捨てたらしかった。そして長脇差で歯向かった破落戸の二の腕を峰で打ち据えたところだった。

源之助は、もう一人の侍と争っていた。相手はなかなかの腕前らしく、防戦気味になっていた。正紀が近づく。

その気配を、侍は感じたらしかった。ちらと目をこちらに向けた。しかしそれは、源之助にすれば隙だった。

脳天を割る一撃が飛んだ。敵は慌てて避けたが、源之助は二の太刀を繰り出した。その切っ先が、敵の胸を斬った。肉と骨を裁つ音がした。

植村は、旅姿の町人を捕らえたところだった。腕を捩《ね》じり上げ、肩の関節を外した。

船頭と水手たちは、もう一人の商人や破落戸たちの体を押さえつけていた。船頭や水手たちは、人質さえいなければ、怯えて何もできない者たちではなかった。

ここで正紀は、侍三人の顔に巻かれた布を剝ぎ取った。二人は初めて見る顔だったが、正紀の相手をしたのは、内橋庄作だった。

「あとの二人は、銚子役所の侍です」

顔を検めた船頭が言った。二人はすでに息絶えている。

襲ってきた町人は、予想通り太郎兵衛だった。船着場で迎えたのは、仁之助だった。早くに銚子を出たが、江戸へ戻ったわけではなかった。関宿で奪う企みを巡らし、支度をしていたのだと分かった。

「逃げたやつもいます」

船頭が言った。しょせん銭で雇われた者たちである。

「その者らには、構うまい」

正森が言った。

下ろした〆粕の俵を、船に戻した。捕らえた者と、斬り倒した侍の遺体も船に乗せ、関宿まで戻ったのである。

翌朝、次助と源之助、植村と船頭は、領主の関宿藩に事件を届け出た。しかしその場には、正森も正紀もいない。二人はそこにいてはいけない者だから、一足先に江戸へ戻ったのである。

もう荷船が襲われる虞はなくなっていた。

次助は関宿藩の役人に、襲われたことと荷を取り返すに至った顚末を、正森と正紀をいなかったことにして伝えた。

調べられた者たちは、他にも侍がいたとしたが、次助はいなかったことで押し通した。

六

正紀が江戸へ戻った翌日、波崎屋五郎兵衛が北町奉行所へ呼ばれた。関宿藩経由で、北町奉行所へ事が伝えられたのである。

その三日後、正紀は与力の山野辺から問い質しの模様を聞いた。

「仁之助は、主人の五郎兵衛の許しを得た上で、倅の太郎兵衛と納場、内橋の四人で打ち合わせをした」

「利根川北河岸の料理屋はま嶋でだな」

「そうだ。そのときには付け火の企てや、〆粕と魚油を船ごと奪う話をしたらしい」

「荷船ごと奪うのは、大胆ではないか」

「うむ。向こうも、初めは話をしただけだったらしい。しかし付け火にしくじって、銚子から離れたところでと考えて、実際にやろうと腹を決めた」

「強奪の場を押さえられたわけだから、犯行については言い訳がきくまい」

「ただな、倅の太郎兵衛は父親の五郎兵衛の関与を認めなかった」

「おのれが勝手にしたこととしたのだな」

「そうだ」

「父親と店を庇《かば》ったわけか」

五郎兵衛も、〆粕を仕入れろとは命じたが、奪えとは指図しなかったと言い張った。

「となると仁之助と太郎兵衛の言い分が食い違うな」

「捕らえた内橋に質したが、五郎兵衛に明確な関与があったことを明らかにはできなかった」

きわめて怪しいが、明確な証拠はないので、教唆も共謀も問うことができなかった。

内橋は関宿で取り調べを受けた後、身柄は江戸へ運ばれ、高崎藩に引き渡された。

同時に、納場も江戸へ呼ばれていた。

「内橋は納場の指図があったことを認めた。しかしな、納場は知らないと言い張った」

甲子右衛門に、鰯千俵分を波崎屋へ卸すように勧めたことは認めたが、無理強《むりじ》いはしていない。断られた段階で、手を引いたと告げた。襲撃については、五郎兵衛も太郎兵衛も納場の関与を否定した。

これでは、罪に問えない。

「襲撃に加わった二人の高崎藩士は、内橋が誘った。納場の配下といっていいが、死人に口なしだ。内橋と組んで、勝手に悪巧みをしたことになった」

「証言を容《い》れられなかった内橋は、ずいぶんと恨んだのではないか」

「まあそうだろうが、どうにもなるまい」

「はま嶋には納場はいなかったのか」

内橋と仁之助はいたとしたが、太郎兵衛はいなかったと言い、納場も行かなかったと告げた。

はま嶋で斬られた末吉だが、〆粕の荷船が出た後で、ようやく口が利けるようになった。

様子を探ろうと敷地の中に忍び込んだが、座敷が分からずもたもたして、内橋に気付かれた。

それで逃げたので、その場に納場がいたかどうかは、確認していなかった。銚子の千代から書状が届いていた。

料理屋の者は顔を見ていない。納場は灰色だが、関与を明らかにすることはできなかった。

「内橋は、打ち首になるだろう。太郎兵衛も仁之助も死罪に違いない」

「では納場は」

「銚子役所内のお長屋で、三十日の蟄居《ちっきょ》になるそうな。目配りが届かなかったという咎《とが》めだ」

「それだけか」

正紀には不満だった。

「納場はさらなる栄達を望んでいたが、これでその道は閉ざされた。本人は正森様やその方を、恨んでいるのではないか」

山野辺は言った。

五郎兵衛は、店から罪人を出したという理由で、二十両の過料を申し付けられる。長男の太郎兵衛を失うことになるから、腹の虫は治まらないだろう。

ただ五郎兵衛には、次太郎《じたろう》という次男がいた。商いは続けられる。二十両の過料は、波崎屋の身代で考えれば、さしたることではなさそうだ。

正森を深川六間堀河岸で襲った浪人者については、公になっていない。波崎屋の仕業に違いないが、正森は訴えていない。それでよしとするつもりらしかった。

その翌日、奪われた荷船は、関宿藩の調べを終えて江戸へ到着した。〆粕と魚油は無事だった。

このとき江戸の〆粕の値は、十貫につき銀四十三匁をつけていた。値を調べ始めたときの倍以上になったことになる。

正紀も房太郎も、正森との約束があるので、十貫を銀三十二匁で売った。販売はお鴇が代わってやってくれた。

「いやあ、惜しい話です」

百俵買った房太郎は、残念がった。

「しかしずいぶん儲かったであろう」

「それはそうなんですけど。もっと行けたわけで」

どこまでも欲深い。

高岡藩は、十両の益を得た。

江戸に届いた〆粕は、お鴇と蔦造が銀三十二匁で売った。買い手は殺到したが、一軒につき五十俵以上は売らなかった。しかも銀四十匁以上の値はつけないということを条件にしていた。

十両の金子を受け取った正紀は、正森との面会を求めた。

「もう、江戸をお発ちです」

お鴇は告げた。

「素早いですね」

歳を考えろと言いたいが、それは呑み込んだ。

「あの方は、神出鬼没でございます」

「それがしに、何か言い残してはいなかったのでしょうか」

「ありませんでした」

あっさりしたものだった。正紀や源之助は、命懸けで〆粕を守った。それについて何か言葉があってもよいのではないか。

「相手が正森様では、仕方のないことか」

胸の内で呟いた。

受け取った金子を使って、母昇清院の肩衝茶入を取り返した。儲けは十両だったが、利息の一両を払ったので、藩の利益は九両だった。

「これでも上出来でございます」

金子を受け取った井尻はそう言った。

しかしまだ、参勤交代の出府の費用には三十両あまりが足りない。もうひと働きしなくてはならないのが、頭の痛いところだった。

京に会って、昇清院の肩衝茶入を取り返したことを伝えた。

「昇清院さまのお宝を手放さなくて済み、何よりです。これでお返しができますね」

京はねぎらってくれた。さらに正森が、すでに江戸を出ていたことを伝えた。

「おれや高岡藩には、何の言葉も残さなかったそうだ」

不満が口から出た。すると京は、あっけらかんとして言った。

「まさしく、正森さまらしいではありませんか」

「それはそうだが」

「九両の利を得られたのは、〆粕を六百貫仕入れられたからに他なりません。それでよしとなさいまし」

頷くしかなかった。

本作品は書き下ろしです。

双葉文庫

ち-01-45

おれは一万石《いちまんごく》

金《きん》の鰯《いわし》

2021年7月18日　第1刷発行

【著者】

千野隆司《ちのたかし》

【発行者】

箕浦克史

【発行所】

株式会社双葉社

〒162-8540 東京都新宿区東五軒町3番28号

［電話］03-5261-4818（営業）　03-5261-4833（編集）

www.futabasha.co.jp（双葉社の書籍・コミックが買えます）

【印刷所】

大日本印刷株式会社

【製本所】

大日本印刷株式会社

【カバー印刷】

株式会社久栄社

【DTP】

株式会社ビーワークス

【フォーマット・デザイン】

日下潤一

ISBN978-4-575-67059-2 C0193

Printed in Japan